KB237373

사이보그 나이트클럽

이명행 장편소설

사이보그 나이트클럽

펴낸날_2004년 2월 6일

지은이_이명행
펴낸이_채호기
펴낸곳_㈜**문학과지성사**
등록번호_제10-918호(1993. 12. 16)

주소_서울 마포구 서교동 363-12호 무원빌딩(121-838)
편집_338)7224~5   FAX 323)4180
영업_338)7222~3   FAX 338)7221
홈페이지_www.moonji.com

ⓒ 이명행, 2004. Printed in Seoul, Korea

ISBN 89-320-1474-4

* 지은이와 협의하여 인지는 생략합니다.
* 이 책의 판권은 지은이와 문학과지성사에 있습니다.
  양측의 서면 동의 없는 무단 전재 및 복제를 금합니다.
* 잘못된 책은 바꾸어드립니다.

사이보그 나이트클럽

이명행 장편소설

문학과지성사
2 0 0 4

사이보그 나이트클럽

차례

　나는 완전범죄를 생각했다. 영화 속의 전문가처럼 저지르고도 끝은 깔끔해야 한다. 숲을 스치는 바람은 그년의 신음 소리를 감싸안고 미궁 속으로 꼬리를 사릴 것이다. 약을 준비한다면 일은 소금 더 쉽겠지, 그년의 저항을 줄일 수 있을 테니까. 워낙 잠이 없는 년이니 수면제 따위를 먹여서는 일을 망칠 것이다. 새벽 2시까지 컴퓨터 앞에 앉아 있어도 멀쩡한 년이 아닌가? 그년에게 세상에서 가장 독한 약을 처먹이기 위해 나는 인터넷 자살 사이트를 뒤질 것이다. 아주 적은 양을 사용해서 잔에 바르기만 해도 효과를 볼 수 있는 약이라면 보다 극적이겠다. 안티피린 · 페나세틴 · 염산 · 질산 · 황산 · 프레오마이신……싸이나? 가만있어 봐. 잔에 독약을 바른다고? 독약을 잔에 바른다? 그래. 우표를 이용하는 방법도 나쁘지 않군. 삼류 작가도 그런 상투적인 방법은 사용하지 않겠지만, 어수룩한 게 사람 잡는 걸 여러 번 보았잖아. 게다가 북한산까지 기어올라갈 이유도 없고. 가만있자. 그렇다면 더이상 망설일 이유가 없지. 전자우편 따위는 이제 지겨워졌다고 편지를 보내는 거야. 그리고 우체국까지 가는 수고를 덜어주기 위해서 회신 우표를 동봉했다고 구라를 까는 거지. 그러면 그년은 내게 보낼 답장을 쓰고 난 뒤(도대체 그년은 답장을 뭐라고 쓸까, 그게 또 궁금하네) 봉투에 우표를 붙이기 위해 그 요망한 혀로 독이 묻은 우표 뒷면을 핥겠지? 그년의 혀는 길고 탐욕스러워서 단맛·신맛·쓴맛을 고루 느끼며 우표를 핥을 거라구. 그러니 그것이 짜든 떫든 무슨 상관이야. 어떤 맛이든 그년의 혀는 고루 핥을 것이고, 혀가 제자리로 기어들어가기도 전에 뻗을 텐데…… 상상을 해봐, 혀를 길게 빼물고 죽어 있는 걸. 어쩌면 그년의 혀에는 아직 우표가 달라붙어 있겠지? 그러면 나는 그년을 우체통에 갖다넣기만 하면 되겠군. 주소를 쓸 필요도 없어, 바로 지옥행일 테니까. 염라대왕 앞에서 제 혓바닥에 달라붙은 우표에 대해서 설명하는 년을 상상해보라구. 그것도 아주 그럴듯해. 내가 지 재봉틀이었다고? 망할 년 같으니라고, 재봉틀이라니……

그년을 황천으로 배달하기 위해서 우편물 가방에 쑤셔넣는 배

8

달부 사내를 떠올리자 기분이 더욱 그럴듯해진다. 배달부는 아주 평범하게 생겼다. 배가 약간 나오고 대머리다. 이 부분이 중요하다. 나는 이런 부분에 시간을 할애해 공을 들인다. 그는 평범하게 생긴 외모 때문에 누구의 눈에도 띄지 않는다. 이런 설정이 사람들을 안심시킨다. 그의 모습이 그럴듯해서 마치 내 노련한 하수인처럼 느껴진다.

그년을 배달하기 위해 사내가 자전거를 타고 시야에서 사라지자 나는 느긋하게 책상 위에 다리를 올려놓고 커피를 마시면서 CNN 뉴스를 본다. 화면은 우리나라 서해 앞바다에서 일어난 남북교전 상황을 보여주고 있다. 통통배 수준의 북한 경비정을 향해 날쌔게 달려드는 우리 고속정의 모습이었다. 중간중간 백악관 안보 담당 보좌관의 인터뷰가 나온다. "며칠 전 주일 미군의 정찰기가 임무를 수행하는데 세 대의 북한 전투기가 날아왔다. 그들은 15미터까지 접근했다. 충돌 직전이었다. 그들은 무모했고, 그 호전성은 매우 위험하다." 아슬아슬하게 충돌을 피하는 두 배의 모습은 지난해에 있었던 서해교전 상황이었다. 남북교전 상황을 연대기순으로 정리해 보여주는 모양이다. 사실을 있었던 그대로 보여주기로 되어 있는 것이 뉴스다. 그것은 불가능한 일이지만 어쨌든 그렇게 보여야 한다. 만약 그럴 수 없다면 최소한 거기에 어떤 의도도 없었던 것처럼 보여야 한다. 시치미 딱 떼고 이면을 감추는 것이다. 뉴스는 있는 그대로 보여줄 뿐이지, 모종의 의도를 가져서는 안 된다고 주장하는 그 순결하고 순진하며 귀엽기까지 한 그러나 시끄럽기 짝이 없는 입들은 고전(古典)의 무덤 속에 파묻어버려야 한다. 세상은 그래야 평화롭다. 나는 더 이상 아마추어들을 상대할 여유가 없다. 하지만 먹물이 들어 있는 머리들은 설득을 해야 한다. 왜냐하면 그들은 스피커들이니까. 그런데 그들을 설득하기 위해서는 그것에 개연성이 있어야 한다. 그래야 그들은 믿는다. 수집한 정보에서 음모의 단서를 포착하면 그것을 개연성 있게 재구성해서 그 음모를 더욱 현실감 있게 만들어 보여주어야 한다. 물론 그 도구는 리얼리티다. 리얼리티를 불어넣는 일, 그것은 생명을 불어넣는 일이다. 나는 그 방면에 전문가다.

발바닥으로부터 알 수 없는 전율이 온몸으로 번져간다. 그 짜릿함이 싫지 않다. 느긋하게 그것을 즐길 수만 있다면…… 어쨌든 그년을 죽일 것이므로……

결국 나는 그날 새벽 2시에 전화를 걸었던 것이다.

"좀 만나지."

탱글탱글 여문 목소리로 년이 말했다.

"좋아요. 와요, 얼마든지."

이것은 정말이지 개인적인 일이다. 이럴 때 조직의 힘은 아무 소용이 없다. 내가 속해 있는 이 엄청난 조직은 아무리 생각해도

이 일에는 무용지물이다. 나는 똥을 밟았다. 이렇게 말할 수밖에 없는 일이다.

이브, 새벽 2시

새벽 2시쯤 되었을 것입니다. 전화벨이 울렸습니다. 그 새끼였어요. 뭐 하고 있었느냐고 물었더니 CNN 뉴스를 보고 있다고 하더군요. 저도 마침 그것을 보고 있었기 때문에 어떻게 보았느냐고 견해를 물었습니다. 그러자 놈은 아주 심드렁한 목소리를 내더군요. 그냥, 뭐…… 놈은 마치 그것에 달관한 것처럼 보였습니다. 내 질문을 그렇게 뭉개더니 침묵하더군요. 침묵하고 있는 동안 심경의 변화라도 일으킨 모양입니다. 놈이 갑자기 침묵을 깨며 무언가에 억눌린 목소리를 내더군요.

"우리 좀 만나지."

"어디서?"

"내가 니 아파트로 가면 안 돼?"

억눌린 목소리에서 저는 놈이 화가 났다는 것을 알았습니다. 터져나오려는 것을 목구멍 안으로 다시 밀어넣으려 용을 쓰다 보니 억눌린 목소리를 내게 되는 것입니다.

"내가 살고 있는 아파트를 알아?"

화가 났어도 경우에 따라 참아야 한다는 걸 놈은 압니다. 그걸 알고 있다는 것이 가소롭더군요. 연기력이 부족한 건가요. 억눌린 목소리까지는 감추지 못했습니다. 아니, 아닙니다. 그게 아닐지도 모르지요. 이 대목에서는 저도 좀 신중할 필요가 있습니다. 놈은 어쩌면 일부러 그런 목소리를 내는지도 모르겠습니다. 만약 그렇다면 이 부분은 매우 중요합니다. 그런 면에 놈은 아주 탁월한 재주를 가지고 있지요. 상황에 따라서는 화를 내는 것보다 화가 나는 것을 눌러 참고 있는 것처럼 보이는 것이 효과적일 수도 있으니까요. 그것에는 두 가지 효과가 있습니다. 화가 났지만 그것을 참을 수 있는 인격을 갖췄음을 보여주는 것이 그 첫번째입니다. 그러니까 고상한 인격을 갖췄다는 것을 보여주고 더불어 화가 난 사실도 알리는 것이지요. 이 대목까지는 그리 탄복할 것이 못 됩니다. 보통 이 정도는 누구나 하니까요. 하지만 두번째 효과는 좀 다릅니다. 지금 억누르고 있는 분노의 깊이가 어느 정도인지를 숨겨서 불확실성의 위기를 조장하는 것이지요. 분노의 깊이가 어느 정도인지 모를 때 이쪽에서는 불안할 수밖에 없거든요. 이것은 병적인 집착을 하지 않고서는 상상하기 어려운 효과입니다. 그러나 놈은 충분히 그럴 수 있는 놈이고, 저는 그 얄팍함에 질렸지만, 그것을 제어하는 놈의 동물적 감각만은 정말이지 탄복할 수밖에 없습니다. 시스템을 제어하는 놈의 감각은 섬세하기 이를 데가 없습니다. 그것은 배워서 되는 게 아닙니다. 타고나는 것이지요. 꾸며낸 것을 믿게 하는 재주, 놈은 개연성을 구성해내는 것이라고 하더군요, 정말 소름이 끼칠 정도입니다. 놈이 직업을 바꿔 사기꾼이 된다면, 청와대를 제 별장으로 속여 맥도널드에 팔아먹는 것은 시간문제일 것입니다.

그렇지만 저는 놈의 분노가 터져나와 수화기의 목소리가 울분에 짓뭉개져도, 놈이 두들겨대는 컴퓨터 자판에서 불똥이 튀고 채팅 창에 욕설이 난무한다 해도 하나도 겁이 나지 않습니다. 병신 꼴값 떠는 모양이 즐겁기만 합니다. 저는 느긋하게 놈을 즐깁니다. 그러는 놈을 잡아다가 지하 창고에 가두고 싶습니다. 하루 종일 빛 한 올 들지 않는 컴컴한 지하실 의자에 묶어놓고 잘 말린 청양 고춧가루를 물에 타 놈의 콧구멍에 집어넣고 싶습니다. 고추는 태양의 아들이고, 놈은 어둠의 자식입니다. 놈은 그 눈부심에 절망할 것입니다. 하룻밤도 견디지 못하고 눈물·콧물이 범벅이 된 얼굴로 저를 바라보며 살려달라고 말하겠지요. 그러는 놈의 정강이를 걷어차고 따귀를 갈기며 손톱 밑에 바늘을 쑤셔넣어볼까요. 하지만 그것은 상상 속에서만 가능한 일이지요. 현실에서 그것은 제 방식이 아닙니다.

놈을 어떻게 처리해야 할지 몰라 고민하고 있는 중입니다. 참 피곤한 놈입니다. 지금까지 상대해온 놈들과는 종류가 달라요. 종류가 다른 건 처음부터 알았습니다. 어쩌면 그 점이 놈의 매력이었는지도 모르겠습니다. 결과적으로 놈의 그 점을 즐기다가 일이 이렇게 꼬인 것입니다. 지금까지 상대해온 남자들은 대체로 뒤끝이 없었지요. 적당히 즐기다가 때가 되면 미련 없이 떠나갔습니다. 너무 미련을 안 보이는 바람에 배신감마저 느낄 지경이었지요. 하지만 때가 적당한 것을 눈치 채는 것은 정말이지 훌륭한 일입니다. 산에 올라갔다면 적당한 때에 내려와야 하는데, 정상 정복에 취해서 어두워지는 걸 몰랐다면 죽어도 싼 거지요.

놈은 서른다섯 살의 미혼남이며 무역회사 직원이었습니다. 놈은 제 나이를 말하며 호들갑스럽게 놀라더군요. 서른다섯 살이라니, 서른다섯 살이라는 사실을 상기하고 기절하는 줄 알았다고요. 그는 마지막으로 헤아려본 나이가 스물아홉이었다고 말했습니다. 스물아홉 이후로 흘러가버린 세월은 나와 아무 상관도 없다, 그것은 마치 유령 비행체처럼 내 우주를 유영하다가 사라져버린 것이다, 라고 말했습니다. 그 얘기를 듣는데 마치 스필버그의 영화를 보는 듯한 착각이 들었습니다. 실제로 그 얘기를 듣던 중에 놈의 청춘이 비행접시처럼 눈부신 태양 속으로 사라져버리는 것을 보았으니까요.

20대 초반은 무역을 전공하는 경제학도로, 그리고 20대 중반은 대한민국 육군으로 세월을 보냈고, 그후 1년쯤은 대학원에서 정치를 배우겠다고 얼쩡거리다가 그것도 시들해져서 직장 생활을 시작한 것이 어언 7년쯤 되었다더군요. 그러고 보니 그 유령 비행체가 놈의 우주에서 사라져버린 것이 직장 생활을 시작하고 난 그 무렵이었던 모양입니다. 세월이 유수 같다더니, 라고 하면서 제법 폼도 잡았습니다. 하지만 그것은 골 빠개가며 무슨 일인가에 몰두하다가 문득 정신 차린 사람이나 할 말이지요. 무언가에 몰두한 일이 없는 놈으로서는 정말 황당할 수밖에 없었을 것입니다. 어쨌든 놈은 세월 가는 줄 모르고 인터넷에 빠져 있는 무역회사 직원이었습니다.

아담, 댄싱 울프

내 이름은 성호경이고, 서른일곱 살이며, 특별국(SB: Special Branch)에서 일하는 정보관(IO: Intelligence Officer)이다. 정확하게 말하자면, 특별국의 K2 정보분석관이다. 세계 각국에서 발행되는 신문과 잡지의 인터넷 사이트, 미국과 일본 · 중국 · 유럽의 주요 국가의 방송, 그리고 각국 대사관과 종합상사들의 해외 지사에서 수집된 첩보들을 모아 분석하는 이른바 SB의 촉수 중 하나인 것이다.

나는 각국의 공관에서 보내온 외교 행랑을 뒤지거나 필드를 뛰며 정보를 수집하기도 하지만 대부분은 컴퓨터 앞에 앉아 인터넷 서핑을 통해 정보를 수집한다. 그러다 보니 하루 종일 방에 갇혀 있는 날이 많다. 음지에서 일하며 양지를 지향하는 조직의 일원답게 7평 남짓한 방에 종일 갇혀 있는 것이다. 나는 왜 내가 일하는 방에 창이 없는지 알지 못한다. 출입문을 제외하면 네 면이 벽이다. 이것이 내게 두더지 같은 삶을 강요하고 있지만, 불만을 느껴본 일은 없다. 오히려 편하다. 눈을 뜨고 있을 때보다 눈을 감았을 때 보이는 것이 있다. 창이 있다면 나는 그 창틀 안의 것만 바라보게 될 것이다. 창이 없는 방에서 나는 오히려 자유롭게 세상을 유영한다. 지금 이 순간 워싱턴에서는 무슨 일이 벌어지고 있을까, 이런 유의 상상에는 창이 없는 것이 훨씬 더 도움이 된다.

인터넷을 통해 보는 것 역시 주로 신문과 잡지이다. 한국에서 발행하는 것들, 미국에서 발행하는 것들을 주로 보지만, 필요에 따라서는 유럽에서 발행된 것들, 심지어는 일본이나 중국, 중동, 이스라엘에서 발행된 것들까지도 본다. 미래를 예측하거나 숨어 있는 은밀한 사건을 발견하는 데는 이만한 정보 창고가 없다. 전혀 다른 기사라도 몇 개를 모아놓고 보면 그 속에서 일관된 하나의 사건이 흘러가는 것을 볼 수 있는 것이다. 신문 기사의 행간을 읽어내는 일은 매우 중요하다. 그 신문이 추구하고 있는 이념이나 그 기사의 취재원의 생각을 미리 읽어내는 것도 물론 중요하다.

최근에 포착한 몇 개의 정보에서 하나의 사건을 향한 일관된 단서를 발견했다. 정보는 하나하나가 구슬이다. 구슬이 아무리 찬연한 빛을 머금고 있다 해도 그것을 꿰는 실이 없다면 그것은 무용지물이다. 실이란 무엇일까. 그것은 바로 리얼리티이다. 예측하는 그 사건을 얼마나 믿을 수 있게 구성하느냐 하는 것이다. 국장은 내게 물을 것이다. "그거 개연성이 있는 얘기야?" 국장이 그렇게 묻는 것은 세상의 관심 있는 입들이 곧 우리를 향해 그렇게 물을 것이기 때문이다. 세상의 입들이 묻는다. "그거 믿을 만한 건가?" 그 질문에 대답하기 위해 나는 포착한 정보들에서 일관된 단서들을 찾아내 제시해야 한다. 정보관이 된 이후로 나는 줄곧 그 질문에 시달려왔다. 떠도는 정보에서 단서를 포착하여 개연성 있는, 예측 가능한 하나의 사건을 구성해내야 하는 것이다. 유능한 정보관이라면 예측한 사건에 리얼리티의 혼을 불어넣는 일을 게을리하지 않을 것이다.

다시 말하자면, 그 무작위의 정보 속에서 아직 일어나지 않은 사건의 단서를 발견하고, 사건을 예측해 새롭게 구성해내는 일이 바로 내가 하는 일이다. 이를테면, 미국이 핵 개발 포기의 전제 조건으로 내건 불가침조약은 국회 동의를 얻어야 하는 절차 때문에 불가능하다고 버티던 중에 베이징 회담 직전 북한이 전격적으로 한 발 물러나서 국회 동의가 필요 없는 소극적 안전보장이면 족하다고 했다 치자. 미 국회 동의를 얻어야 하는 걸림돌이 해결이 되었으니, 이 모든 일의 흐름을 보면 이제 곧 핵 문제가 해결이 되고 북한은 문을 열 것이며, 우리는 내년쯤 기차를 타고 평양을 방문할 꿈을 꾸게 될 것이다. 하지만 나는 미국 특사가 베이징에서 돌아오는 그 순간 우리의 그 꿈들이 물거품이 되어버릴 것이라고 예측하는 것이다. 그러면 상관이 내게 물을 것이다.

"그거 개연성이 있는 일이야?"

예측한 사건의 리얼리티를 구성하는 데 실패해 망설인다면 나는 그 순간 얼치기 음모론자가 된다.

"당신 정보관 맞아? 답답한데 산통이나 한번 깨보자는 건가?"

하지만 나는 미국 공화당 정부가 동아시아에서 원하고 있는 것이 무엇인지, 핵 문제 해결 후 동아시아에서 미사일 방어 체제 구축에 관한 문제를 포함한 미국의 안보 이익에 관한 이해가 어떻게 달라질 것인지, 특히 미 특사가 워싱턴을 떠나기 직전에 보인 태도 따위를 말하는 것으로 그가 베이징에서 돌아온 후 우리의 꿈이 깨지는 사건에 아주 침착하게 리얼리티를 불어넣을 것이다. 그러면 상관은 고개를 끄덕이며 이렇게 말할 것이다.

"그럴듯해." 이 말이 중요하다. 그 모든 것은 그럴듯해야 한다.

신문을 보지 않을 때는 세 대의 컴퓨터 모니터에 10개 이상의 창을 띄워놓고 주요 국가들의 TV 방송을 본다. 눈과 귀가 지쳐 비명을 지를 때까지 그것들을 보는 것이다. 어렸을 때부터 이런 식의 환경에 잘 견딜 수 있도록 훈련이 되지 않았다면 나는 한 달도 채 견디지 못했을 것이다.

나는 형제 없이 외아들로 자랐다. 아버지는 군인이어서 한 곳에서 3년 이상 머물렀던 일이 없었다. 초등학교 때는 거의 1년 단위로 옮겨다녔다. 누군가를 새로 사귄다는 것은 그 1년 뒤를 생각하면 거의 무의미할 지경이었다. 누군가를 만나고 헤어지는 일에 익숙해지기보다 아예 만나지 않는 일에 익숙해져갔다. 그러므로 나는 늘 혼자였다. 어쩌면 미래에 벽 속에 갇혀 지내야 하는 직업을 갖게 될 운명을 위해 누군가에게 미리 길들여졌는지도 모른다. 그런 면에서 나는 고립된 환경에 적응할 수 있는 고도로 훈련된 정보분석관인 것이다. 엉덩이가 짓무르고 그것이 다시 각질이 되어 침팬지처럼 된다 해도 참아낼 것이고, 관 속에 작은 구멍을 뚫고 넣어서 땅에 묻어버린다 해도 마치 동면하는 파충류처럼 한겨울은 버텨낼 것이다.

방을 나서면 복도다. 복도를 가운데 두고 7평 남짓한 방이 양쪽으로 여섯 개 모두 12개가 붙어 있다. 방 하나에 한 마리의 두더지가 있으므로 모두 12마리의 두더지가 모여 동면하고 있는 셈이다. 각방에 화장실과 욕실이 딸려 있긴 하지만, 복도 끝에도 공동 화장실이 있고, 화장실 앞에는 10평 남짓한 공간이 있다. 그곳에는 동전을 넣지 않아도 커피를 마실 수 있는 커피 메이커가 있으며 앉아 쉴 수 있는 소파가 놓여 있다. 그곳에는 창이 있다. 창이 너무 넓고 쏟아져 들어오는 빛이 강해서 고통스러울 지경이다. 그곳은 늘 비어 있다. 나는 그 12마리의 두더지 인간들이 방에 처박혀 하는 일이 무엇인지 알지 못한다. 복도에서 마주쳐도 요즘 하는 일이 뭐요, 라고 묻지도 않는다. 만약 그런 것에 관심을 가졌다간 따돌림당하기 딱 알맞다. 차단의 법칙, 다른 방에서 하는 일을 알려고 해서도 안 되고, 안다 해도 아는 척해서도 안 된다. 차단의 법칙이 왜 필요한지 궁금해해서도 안 된다. 거기다가 공동체 정신 따위를 어수룩하게 갖다붙였다가는 머리통을 해부하자고 덤벼들 것이다. 차단의 법칙은 매우 중요하다. 기억해둘 것. 만약 이것을 모르거나, 알고도 지키고 싶은 생각이 없다면 그는 정보관이 될 자격이 없다. 물론 사안에 따라서는 공조를 하기도 하지만, 팀을 이루기 전에는 그 어떤 일도 알아서는 안 되는 것이다. 오로지 소통 방향은 결재 라인이었다.

K2는 4층과 5층, 두 개 층을 사용하고 있다. 4층에는 정보관을 돕는 행정실 요원들과 각 팀별 자료 조사 요원들이 빼곡하게 들어앉아 있다. 자료 조사 요원들은 정보관들이 자료를 요구하면 그것을 챙겨 올려주는 일을 하는데, 그들은 자신이 수집하는 그 정보가 어떤 용도로 쓰이는지 알지 못한다. 물론 안다 해도 말하지 않을 것이다.

그곳에는 K2를 알리는 그 어떤 표시물도 없다. 철제 대문이 완강하게 버티고 선 3층 계단참 철 구조물에 '대경물산'이라고 씌인 현판 하나가 달랑 걸려 있을 뿐이다. 그리고 그 맞은편에는 어울리지 않는 낡은 액자가 하나 걸려 있고, 액자 뒤에는 계단을 관찰할 수 있도록 설치된 폐쇄 회로 카메라가 은닉되어 있다. 이곳에 관심을 가진 사람이 있었다면, 무역회사답지 않게 완강한 쇠창살로 무장하고 있는 것, 계단참의 그 어울리지 않는 낡은 액자를 이상하게 여겼을 것이다. 나는 계단참에 설치된 푸른색 검색대를 통과한다. 검색대는 금속 탐지기인 동시에 바코드가 찍힌 서류철이 밖으로 나가지 않도록 감시한다. 검색대를 통과한 나는 철제 대문 옆에 붙은 초인종을 누르기 위해 손을 내민다. 그러나 손이 스위치에 닿기도 전에 '철커덕,' 문이 열린다.

"안녕히 가세요, 박사님."

나는 낡은 액자를 향해 미소를 지으며 손을 흔들어준다. 나를 부장이라고 부르지 않고 박사라고 부르는 유일한 사람이 보안 책임자 고씨(氏)다. 그는 경비 부대에서 근무한 경력을 가진 베테랑 보안 요원인데, 자신의 책상 앞에 놓인 모니터를 통해 계단을 내려오는 나를 보고 있었을 것이다.

건물 입구에도 '대경물산'이라는 간판이 걸려 있다. 정보기관으로서의 본색이 외부로 노출되지 않도록 다시 한 번 위장하고 있는 것이다. 한 가지 특별한 점이 있다면 K2에서는 중국집 배달원을 부르는 일이 없다는 것이다. 우체부도 현관 로비에서 모든 업무를 마친다. 물론 나는 대경물산 명함을 가지고 다닌다. 직함은 자재부장이다. 하지만 나는 물산이라는 낱말이 무역을 하는 회사에 곧잘 붙은 이름이라는 사실 외에는 별로 아는 것이 없다. 자재부장은 공장에 필요한 물건들을 공급해주는 부서의 장인데, 도대체 공장이 어디에 있는지 몰라서야 되겠는가. 혹시 명함을 받은 자들이 그걸 물을 경우를 대비해서 반월 공단에 있다고 대답하기로 정해둔 바가 있다. 하지만 아직까지 그것을 물었던 사람은 없다. 공장에서 생산되는 상품은 의류다. 수출 대상 국가는 미국과 남미의 브라질과 칠레이며, 연간 수출 물량은 천만 달러가 조금 넘는다.

최근 내게 두 가지 문제가 생겼다. 첫번째는 내가 죽여 없애야

할 그년과의 문제이고, 나머지 하나는 내가 작성한 정보 자료가 유출된 사건이다. 정보가 유출된 것은 작은 사건이 아니다. 하지만 보안 문제에 그토록 중차대한 허점을 내보이고도 지금 나는 태평하다. 왜냐하면 오늘 점심 시간 무렵 내 상관이 이 문제를 묻어버렸기 때문이다. 왜 그랬는지 나는 아직 모른다. 전말을 설명하자면 이렇다.

나는 미국의 한 군사 전문 로비 회사에 소속된 거물급 로비스트가 방한한 사실에 주목하고 있었다. 그 로비 회사가 우리 군 증강 사업과 관련한 미국의 한 군수업체와 비밀 에이전트 계약을 맺었다는 정보를 입수했기 때문이었다. 무기 도입과 관련된 군수업체의 로비스트가 방한했다면 그 움직임을 주시하는 것이 마땅하다. 그가 무기 도입을 결정하는 핵심 인사와 접촉하는지, 입찰과 관련한 비밀 정보를 수집하는지를 감시해야 하는 것이다. 그런데 그것을 조사하던 중 나는 청와대 유력 인사의 아들이 문제의 그 군수업체에 취업한 사실을 알게 되었다. 물론 그것을 나는 관련 정보 문건에 포함시켰다. 그곳이 참외밭이라면 신발 끈을 고쳐 맬 일이 아니고, 자두밭이었다면 갓끈을 고쳐 맬 일이 아니었다. 게다가 그가 취업한 시기와 무기 입찰 시기가 까마귀 날자 배 떨어진 꼴로 일치하고 있었다. 가십에 불과했지만 그 파장을 고려한다면 간단한 일이 아니었다. 엎친 데 덮친 꼴로 최근 그 군수업체의 로비스트가 은근히 그 사실을 흘리고 다니는 것이 포착되었다. 나는 그것을 우려해 정보 문건을 만들어 결재 라인에 올려놓았다.

그 정보 문건을 만든 것은 한 달쯤 전이었다. 두 부를 만들었었다. 왜 두 개를 만들었는지 지금도 모르겠다. 청와대 유력 인사가 관련된 문제였으니 예민한 사안이라고 생각해서 그랬을 것이다. 가끔 그렇게 여분으로 하나를 더 만들어두는 경우가 있었다. 그런 후에 보고를 해야 하나 말아야 하나 망설이며 1주일쯤 시간을 보내다, 문득 점심을 먹고 와서 그중 한 부를 들고 올라가 국장에게 보고를 했던 것이다. 왜 1주일씩이나 묵혔다가 돌연히 보고할 마음을 먹었는지 모르겠다. 어쨌든 그후 나머지 한 부는 내 서류 가방에 들어 있었다. 그것도 어찌 된 일인지 알 수 없다. 퇴근해서 집에 들어가 가방을 열어보니 거기에 들어 있었다. 그리고는 잊어버렸다. 잊어버린 채 며칠째 보고서를 가방 속에 넣어 들고 다녔다. 그리고는 여의도의 한 술집에서 전직 정보관과 술을 마셨다. 전직 정보관이라고? 물론 아는 사람이긴 했다. 그는 내 상관인 해외 정보 국장의 고등학교 동기였다. 그 인연으로 한두 번 만났던 일이 있었다. 하지만 그날 나는 그를 만나기 위해 그곳에 갔던 것은 아니었다. 내 인터넷 친구 리자드(lizard, 도마뱀)가 그날 거기에서 자신이 주도하는 작은 오프라인 모임이 있으니 참석해달라고 말했던 것이다. 사실 나는 리자드를 한 번도 직접 본 적이 없다. 오래된 친구도 아니다. 3개월 전쯤 인터넷 서핑 중에 우연히 알게 되었다. 그러나 나는 그의 익명성을 존중하며 그의 지혜를 믿는다. 어쨌든 온라인상에서는 내게 아주 중요한 친구였지만, 오프라인에서는 만날 일이 없었다. 온라인의 관계를 오프라인까지 끌고 나가는 것은 그답지 않은 행동이었다. 그는 무엇보다 그것을 경멸하던 쪽이었다. 그가 왜 그런 오프라인 모임을 주선했는지 알 수가 없다.

그런데 막상 약속 장소에 도착해보니 그런 모임은 없었고 예의 그 전직 정보관이라는 이가 혼자서 술을 마시고 있었던 것이다. 리자드를 볼 수 없었던 사실에 조금 실망을 하긴 했지만 거기에 내가 아는 누군가가 있다는 사실이 위안이 되었다.

그러므로 그 전직 정보관과 술을 마시게 된 것은 순전히 리자드 때문인 셈이다. 의식을 잃을 정도로 많이 마셨다. 그가 일부러 퍼먹이지 않았다면 나는 의식을 잃을 정도로 술을 마실 사람이 아니다. 그리하여 그날 이후 가방과 더불어 그 문건이 사라져버렸다. 하지만 문건이 사라지고도 별일이 없이 시간이 흘렀다. 이상한 일이었지만, 하루 이틀 사흘이 흘러 벌써 3주째였다. 시간이 흐른 만큼 위기감은 무뎌졌고, 결국은 흐릿한 기억의 저편으로 새까만 점이 되어 사라져버렸다.

그런데 이틀 전 한 야당 의원이 텔레비전에 출연해 내가 잃어버린 정보 문건을 흔들어댄 것이다. 그가 카메라 앞에서 기관의 정보 자료를 흔들어댄 것은 어제오늘의 일이 아니다. 그는 오래전부터 툭하면 흔들어댔다. 어디서 그 많은 정보를 가져오는지 알 수가 없었다.

새까만 점이 되어 사라져버렸던 그것이 다시 폭풍이 되어 돌아왔다. 하지만 알 수 없는 것은 그가 카메라 앞에서 정보 문건을 흔들고 난 뒤 만 하루가 지나도록 내게 유출 경위를 묻는 사람이 없다는 점이었다. 오늘 점심 무렵에야 비로소 국장으로부터 전화가 걸려왔다. 그러나 그는 오직 침묵만을 원했다. 침묵해야 하는 이유는 알 수 없었지만, 그것으로 나는 그 문제에서 홀가분하게 빠져나올 수 있었다. 나 역시 그에게 아무것도 되묻지 않았다. 잠시 위기를 느꼈지만, 곧 편안해질 수 있었다. 퇴근을 해 집에 돌아온 나는 문을 걸어 잠그고 샤워를 했다. 샤워는 세례와 같은 것이었다. 물로 씻김을 받았으니 잊어버리는 일만 남은 것이다.

내게도 개인적으로 몰두하고 있는 일이 있다. 그것이 바로 컴퓨터다. 컴퓨터를 통해 정보를 수집하는 일을 하는 놈이 컴퓨터에 미쳤다면 그건 자랑할 만한 일이다. 하지만 정직하게 말하자면 그것은 인터넷의 뒷골목이었다. 뒷골목이란 익명의 거리를 말한다. 그곳에서 사람들은 다른 얼굴을 가지고 살아간다. 뒷골목은 늘 어

26

둡고, 달콤한 향내가 온종일 풍겨난다. 그곳이 어둡지 않다면 그 향내는 당장 썩은 내로 둔갑하여 코를 쑤실 것이다. 환한 곳에서는 향내가 왜 썩은 내로 둔갑하는지 나는 잘 모른다. 하지만 조명이 적당하다면 그것은 달콤해진다. 그곳의 어둠과 그 달콤한 유혹은 불가분한 관계 속에 있다. 어둠의 정도는 조향사의 몫이다. 어둠의 조향사들은 골목에 몸을 숨긴 채 자신들의 기발한 아이디어로 개발해낸 어둠으로 향내를 피워올린다. 밤이 되면 그곳은 환상적인 조명으로 번쩍이고, 불빛 아래 익명성으로 무장한 개체들이 콧구멍을 벌렁거리며 흘러다닌다. 흘러다니다가 더러 어깨를 부딪친다. 암컷과 수컷인 경우 그것은 때로 감미로운 부딪침이어서 그 순간 허브 화분을 건드린 것처럼 달콤한 유혹이 발목을 잡는다. 대화가, 그리고 관계가 이루어진다. 나는 그 관계의 짜릿함에 마약중독자처럼 길들여져 있다.

물론 골목을 벗어나면 밝은 곳도 있다. 하지만 밝은 곳이라고 해서 안전지대는 아니다. 때로 그 밝음은 상대의 진지를 공격하기 위한 조명탄 같은 것일 수도 있다.

그곳에서 나는 이름 하나를 지어 가졌다. 내 친구 리자드가 지어준 '댄싱 울프'가 그곳에서 불리는 내 이름이다. 그 이름을 갖는 순간 나는 성호경이자 춤추는 늑대였다. 사람들은 왜 다른 이름을 가질까. 이것은 우문이다. 다른 이름을 갖는 것은 또 다른 세계 하나를 더 갖는 의미가 있다. 성호경이라고 하는 이름의 세계 이외에 댄싱 울프라는 이름의 세계를 갖는 것이다.

처음에 댄싱 울프라는 이름은 어느 한 클럽에서만 사용되었다. 이를테면 그곳은 카바레 같은 데였다. 그곳에서 나는 춤 잘 추는 늑대로 인기가 있었다. 몸에 향수를 뿌리고, 옷자락을 펄럭이며 대전·대구·부산 찍고 목포·광주·전주 턴하면 인천 앞바다의 그 눅진한 공기가 폐부 깊숙이 밀려들었다. 나는 늘 발기해 있었으며, 침몰할 준비가 되어 있었다. 인기를 얻고 유명해지면서 아예 클럽을 만들어 주저앉았다. 나는 제비였다. 때로는 강남 제비, 때로는 대전 제비, 때로는 부산 갈매기, 하지만 이름은 언제나 댄싱 울프였다.

물론 카바레에서 나오면 내 이름은 달라진다. 카바레에서 쓰던 이름을 밖에서도 사용할 수는 없다. 한강 나이트클럽 7번 웨이터 조용필이 실제로는 김봉남인 것처럼, 카바레의 댄싱 울프도 밖에서는 어엿한 다른 이름이 있는 것이다. 그 이름도 리자드가 지어준 것이다. 그 이름이 바로 '동고(銅鼓)'다. 그러므로 나는 성호경이며, 댄싱 울프이고, 동고인 것이다. 그리하여 내가 가지고 있는 세계는 모두 세 개이다. 어쨌든 세상의 모든 이름에는 뿌리가 있다. 내가 리자드에게 그것이 무엇을 의미하며 어디에서 유래한 이름이냐고 물었을 때 그는 잠시 망설이다가 진지한 어투로 '똥꼬'라고 말하고는 그것을 설명했다. 똥꼬에서 온 이름이 동고였다. 하지만 그의 설명대로 똥꼬와 동고는 얼마나 다른가. 쌍디귿이 그냥 디귿이 되고, 쌍기역이 홑기역이 되는 순간 이름은 지성과 정의로 빛났다. 구리를 의미하는 '銅'에 북을 뜻하는 '鼓'자다. 한마디로 징이라는 뜻이다. 그 번쩍이는 이름은 눈이 부실 정도였으며, 그것의 소리는 세상의 양심을 한 몸에 두르고 있었다. 그 지성과 정의 아래에 못 말릴 천진함마저 도사리고 있는 사실 또한 매력적이어서 이름을 지어준 그에게 감사했다.

하지만 그년을 만난 곳은 카바레가 아니었다. 이를테면 교보문고 같은 지성이 숨쉬는 곳이었다. 카바레와 교보문고에서 사람들이 하는 일은 각기 다르다. 그곳에서의 만남도 성격이 다르다. 그 첫 만남이 오락적인가, 아니면 문화적인가 하는 차이가 물론 그 이후 만남의 성격까지 간여하지는 않지만 어쨌든 그 처음은 고상했다.

그년이 나를 처음 본 곳은 내가 동고라는 이름으로 주로 활동하던 토론 게시판이었다. 그곳에서도 여전히 댄싱 울프의 이미지를 가지고 나를 찾는 이가 있다면 그것은 상상력이 부족한 일이다. 애벌빨래에서 세벌빨래까지 거친 후, 탈색과 표백의 공정을 두루 돌아 세탁기에서 막 나온 해맑은 이름이 동고인 것이다. 그 세탁 과정을 매우 용의주도하게 관리해온 덕분에 단 한 번도 동고라는 이름에서 댄싱 울프가 노출된 적이 없었다. 나는 동고라는 이름으로 몸을 숨기고 재기발랄한 아마추어들과 논쟁하기를 즐겼다. 그곳에서 내가 책임질 일이 아무것도 없었다. 내게 "그거 개연성이 있는 얘깁니까?"라고 묻는 놈도 거의 없지만, 있다 해도 나는 대답할 이유가 없는 것이다.

　그것은 정말 매력적인 일이었다. 성호경이라는 이름으로는 상상할 수 없는 일인 것이다. 토론 게시판의 숱한 논객들은 거의 아마추어다. 그들은 아마추어이며 아마추어가 가질 수 있는 무기를 가졌다. 이를테면 그들의 무기는 M-16 정도인 것이다. 하지만 아마추어로 위장한 동고의 무기는 사제(私製) 미사일이다. 그것이 공식적인 군대의 무기라면 매력적일 이유가 없다. 그런데 도대체 꿈도 꾸지 못할 번잡한 종로 뒷골목 어느 허름한 선술집 뒷방에 곧 발사될 미사일이 장착되어 있다면 그 은밀함이 발휘할 힘은 엄청난 것이다. 나는 아주 은밀한 나만의 진지에 최신형 미사일을 가지고 있는 셈이었다. 나는 은폐된 참호 속에 들어앉아 세상 그 누구의 눈치도 보지 않고 소신껏 밤마다 사제 미사일을 쏘아올렸다. 그 미사일은 저 멀리 태평양을 건너 날아가 워싱턴의 백악관을 박살내기도 했고, 도쿄의 외무성 장관 저택의 잔디밭을 작살내기도 했으며, 이스라엘 정보국 상황실을 폭파해버리기도 했고, 쥐뿔도 모르면서 목청만 높은 정객들의 목구멍이 타깃이 되기도 했으며, 가끔은 내 참호 옆에 떨어져 동료 두더지의 머리통을 갈겨버리기도 했다.

　하지만 그것이 현실적으로는 무의미한 일이라는 것을 나는 안다. 어디까지나 그곳은 아마추어들의 똥간이다. 그곳에서 세상 꼴이 왜 이 모양이냐고 아무리 떠들어봐야 개선될 가능성은 거의 없기 때문이다. 그 이유는, 이를테면 우리나라가 전투기를 구입하는데, 프랑스의 라팔과 미국 보잉 사의 F15기 중, 라팔을 사야 할 분명하게 드러난 이유들보다 F15기를 살 수밖에 없는 말하지 못할, 그러나 빼도 박도 못할 이유들을 그들이 알지 못하기 때문이다. 우리 군의 전투력 향상을 위해서는 전술 면에서 유리한 기종을 당연히 사야 하는데, 하지만 군의 전투력보다 더 중요시하지 않을 수 없는 외교적 이면의 여러 치사하고 더러운 숨겨진 이해관계들을 감안하지 않을 수 없는 것이다. 수천 기의 핵무기를 가지고 있는 국가가 한두 기의 핵부기를 가지려는 나라를 압박하는 그 불평등의 이면을 제대로 이해하지 못하고 있는 면도 마찬가지이다. 만약 그것들을 이해했다 해도 그것을 용인할 마음가짐이 되어 있지 않다면 그 역시 아마추어다. 그러므로 결국 그곳은 똥간이다. 배설의 후련함 이외에 무엇을 더 기대하겠는가. "이 보고서가 상황 판단을 제대로 한 결과물인가? 상황 인식이 그 모양이면 신문기자가 될 일이지 왜 정보관이 되어가지고 일을 복잡하게 만들어!"

이때 상황 판단이란 무엇일까? 더럽고 치사하지만 감안하지 않을 수 없는 이해관계를 전제하지 않았다는 것이다. 나의 재수 없는 상관이 책상 아래로 내던져버린 보고서들은 이 똥간에서 인기가 아주 높다. 나는 그런 식으로 폐기된 정보 자료들을 주워다가 똥간 벽에 덕지덕지 바르고는 그것들을 바라보면서 마스터베이션을 하는 것이다.

훌륭한 정보관일수록 그 정보를 개연성 있게 꾸미는 부분에 많은 시간을 할애한다. 믿을 수 있게 해야 하는 것이다. 신문기자 방송기자들이 그것을 믿고 스피커 노릇을 하게 하려면 개연성으로 확실하게 무장시켜 그 사실성을 더욱 충격적이게 만들어야 하는 것이다. 그런 면에서 나는 프로다. 당신 소설 써? 맞다. 나는 소설 쓴다.

그런데 얼마 전, 인터넷에 접속하자 동고의 이름 앞으로 온 메모 한 장이 떴다. 이것이 시작이다. '새벽 2시, 메신저에서 기다릴게요. —묘랑.' 내 인생이 복잡해질 일이 그렇게 덧없이 벌어졌다. 묘랑이라는 대화명이 눈에 익었다. 눈에 익긴 했지만 채팅을 했거나 편지를 주고받았던 상대는 아니었다. 어쩌면 채팅 방이나 게시판 같은 곳에서 스쳐 지난 대화명일 것이라고 생각했다. 나는 그 메모를 무시해버렸다. 한두 번 잘못 들어온 메시지를 받은 경험이 있었다. 그것이 잘못 들어온 메시지가 아니라 해도 응답할 생각이 없었다. 내 친구 리자드는 이렇게 충고했다. 먼저 말을 걸어오는 상대를 경계하라. 그것은 함정일 수도 있다. 만약 상대가 너를 잘 알고 있는 이웃집 여자라면 어찌할 것인가. 상대는 너를 알고 너는 상대를 모른다. 이건 대단히 위험하다. 차라리 바지를 벗고 출근해라. 그것이 훨씬 덜 위험한 노출이다.

정말 상대가 이웃집 여자라면 어떤 일이 벌어질까. 그녀는 나에 관해 속속들이 다 알고 있다. 속속들이 알고 있는 그녀는 이웃의 조용한 수다쟁이들에게 말할 것이다. 집 근처의 마켓이나 빨래방, 병원이나 약국 같은 곳에서 옆집 남자의 은밀한 사생활은 소리 없이 번져갈 것이다. 그런 상대와 대화를 하고 관계를 갖는 것은 완전무장을 한 특수부대원과 홀랑 벗고 마주 앉아 있는 것이나 마찬가지다. 그저 아무 일 없이 마주 앉아 있기만 하면 탈이 없겠지. 하지만 상황은 늘 그렇지가 않다. 마주 앉아 하는 것은, 언제 터져버릴지 모르는, 막상 터졌다 하면 도로 위에 작렬하던 지랄탄 같은 모양으로 사람 꼴을 우습게 만드는, 마치 달걀 속 껍질만도 못한 막으로 겨우 감싸여 있는, 탱천(撑天) 일보 직전의 욕정을 공그르는 일인 것이다.

더군다나 그즈음 나는 클럽에서 새로 만난 명월이라는 여자를 관리하고 있어서 다른 데 눈을 돌릴 여유가 없었다. 너저분하게

서넛을 한꺼번에 관리하는 카바레의 동료 제비들이 겪는 고충을 익히 보아왔었다. 나는 그것을 경멸하고 있던 터였다. 뒷감당도 못하면서 넓기만 한 오지랖은 언젠가 피를 보게 되어 있었다. 바가지가 많으면 새는 바가지가 있게 마련인 것이다. 새는 바가지를 돌보다 보면 다른 바가지가 새는 경우가 허다했다. 그러다 보면 코피가 터진다. 그렇다고 해서 일부종사하는 열녀처럼 명월이 하나로 계속 가겠다는 것은 아니다. 때가 되면 지겨워질 것이고 다시 새로운 상대가 필요할 것이다. 클럽에는 많은 여자들이 있고 나는 그때를 위해 여자들을 눈에 띄지 않게 관리하고 있다. 하지만 그들은 집중 관리 대상은 아니다. 지금으로선 명월이 하나만으로도 충분하다. 그 모든 것에서 내 친구 리자드의 말이 옳다. "먼저 말을 걸어오는 상대를 경계하라." 나는 오직 리자드를 믿는다. 왜 그렇게 되었는지는 생각해보지 않았다. 그는 이 가상의 세계에서 나를 이끄는 인도자이며, 선지자다.

그런데 다음날 동고의 편지함으로 다시 그녀의 편지가 날아들었다. 토론방에 올라와 있던 내 글을 읽었고, 그것이 인상 깊었다고 씌어 있었다. 잘못 들어온 메모가 아니었다. 홧김에 억지를 부린 글에 인상이 깊었다니, 실없다는 생각이 들었다. 그후 그녀는 며칠 간격으로 계속 답장 없는 편지를 보내왔다. "우울해서 술을 마셨다. 나이가 들면서 점점 더 우울해진다. 비가 오니 더 처량한 기분이다. 이럴 땐 그럴듯한 분위기의 음악이라도 있었으면 좋겠다.""빌어먹을…… 왕창 취했다. 누군가 내 아파트까지 데려다준 것 같은데, 일어나 보니 바지에 쉬한 거 있지? 정말 기분 꽝이다.""오늘은 아침부터 기분이 왕창 떴다. 내가 올린 기획안이 수정 없이 통과!! 이럴 땐 한잔 빨아야 되는데, 한잔 사겠다고 공언을 했음에도 불구하고 퇴근 시간이 되니 남아 있는 인간이 없다. 내가 우리 회사에서 왕따인 거 오늘 첨 알았다." 한 1주일쯤 그런 편지를 받았을까. 그때쯤 장난기가 동했을 것이다. 나는 내 친구의 충고를 잊었다. 내용이나 문투로 보아 — 더구나 대화명이 '묘랑(妙嫏)'이었으므로 — 여자일 것으로 확신한 나는 댄싱 울프의 기질을 발휘해서 편지를 보냈다.

그후 우리는 메일을 주고받거나 가끔은 따로 일대일 대화방에서 만나는 친구가 됐다. 물론 그녀는 항상 전화선 저쪽 컴퓨터 앞에 앉아 있었다. 거기 앉아 간혹 자신의 고통을 호소해왔다. "가슴이 아파요. 오늘은 더 창백하군요. 화장실에 들어가 거울을 봤는데, 핏기가 없는 게 마치 죽어 있는 나를 보는 것 같았어요." 나는 곧 그녀가 외톨이고 노처녀이며 성경에 나오는 과부와 비슷한 처지에 놓여 있는 것을 실감하게 되었다. 하지만 그것이 전부였다. 그녀가 뿌리 없이 공중에 떠 있는 이유가 무엇일까? 더 이상 그녀에 관해 알지 못했다. 더 이상은 알 필요가 없었다. 그것이 그년과의 시작이었다.

그년은 이름은 묘랑이며, 나이는 서른두 살이고, 직업은 카피라이터라고 말했다. 제법 유명한 광고회사에 상당한 액수의 몸값을 받고 팔려가 꽤 잘나가고 있는 중이라고 들었다. 나는 카피라이터라는 말에 끌렸었다. 하지만 내가 그년 말을 믿었을까? 나는 믿지 않았다. 카피라이터라고? 그런 것을 믿지 않게 된 지 오래되었다.

슬픈 사이보그

놈의 말이 맞을 겁니다. 저는 외톨이고 노처녀이며 성경에 나오는 과부 비슷한 처지에 있습니다. 이름은 민지수이고, 서른다섯 살이며, 홀몸이고, 일간지의 경찰 출입 기자입니다. 이 나이에 아직도 경찰 출입이라니 제가 생각해도 참 한심합니다. 여자의 몸으로 경찰에 출입하는 것이 더러는 정형외과 여의사처럼 느껴지기도 하는 모양입니다. 하지만 저는 나름대로 섬세한 감각을 가지고 있습니다. 전기톱을 사용해 두개골을 잘라내더라도 신경을 건드리지 않는 섬세함은 그 모든 것에 우선하는 장점이지요. 저는 그 섬세함으로 최근 한 건을 물었습니다.

우면동의 한 빌라에서 한 사내가 실종된 사건이 있었습니다. 그 날 밤 저는 인사동에서 몇몇 동료 기자들과 어울려 술을 마시고 있었지요. 11시쯤 되어 자리에서 막 일어서려는데 전화가 걸려왔습니다. 서초서에 있는 박형사였어요. 그는 마흔다섯 살의 유부남인데, 제 몸에 관심이 많습니다. "민기자, 언제 줄 거야?" 겁대가리도 없는 편이어서 가끔 무덤을 파는 짓도 잘합니다. 집적대는 것은 딱 질색이지만 그가 그러는 것이 싫지만은 않습니다. 그것도 일종의 친밀감의 표시이니까요. 기자로서 취재원과 친밀하게 지내는 것은 여러모로 유리합니다.

"우면동에서 실종 신고가 들어왔는데, 가보니까 집 안이 개판이더라고. 깨고 부수고 지랄 발광을 떨다가 데리고 사라진 모양이야. 완전히 미친놈들이더라고."

"그런데?"

서는 그에게 반말을 합니다. 경찰 출입 선배들에게 배웠던 건데 의외로 효과가 있습니다.

"으응, 냄새가 좀 나서."

"치정이야?"

"치정 같은 소리 하네. 어떻게 시집도 안 간 게 그쪽으로만 안테나가 꼴리냐?"

어느 놈 하나쯤 실종된 것이라면 그건 사건도 아닙니다. 그런 정도의 사건이라면 매일 사회 면을 도배한다 해도 지면이 모자랄 것입니다. 치정이 아니라면 그건 정말이지 쓸모없는 쓰레기지요. 사회 면 아래쪽 귀퉁이를 장식하는 건 치정 사건 따라잡을 게 없습니다.

"왜, 사시미 칼이라도 발견된 거야?"

치정 아니면 엽기, 그외의 것에는 관심이 없습니다. 독자의 관음증을 충족시키는 데 저만한 적임자도 드뭅니다. 사건에서 선정성을 후벼내는 데는 탁월한 재주가 있습니다.

"나 원 참, 그게 아니고…… 으리으리한 집에서 문이 활짝 열린 금고가 하나가 발견됐는데, 그 안에서 금괴가 나왔어."

금괴라는 말에 저는 사채업자일 것이라고 생각했습니다. 만약 실종 사건에다가 사채업자라면 치정이 아니라도 기삿거리가 될 만했지요.

"에이 난 또 한 건 했나 했지. 알았어. 시간 나면 한번 가볼게."

저는 사회부 동료 기자들을 의식해서 그렇게 안개를 피웠습니다. 그리고는 슬그머니 자리에서 빠져나왔지요. 택시를 잡아타고 우면동 빌라에 도착해보니, 말 그대로 집안이 엉망이었습니다. 깨지고 부서진 것이 거실 바닥에 널려 있더군요. 박형사는 저를 보더니 "어, 어떻게 알고 왔어?" 하고는 형사 반장의 눈치를 보더군요. 반장은 저를 보더니 미간을 일그러뜨렸습니다.

"혼자 왔어?"

미간으로부터 시작해서 오만상이 일그러져가는 반장을 제치고 집 안을 둘러보았습니다. 주민들이 잡아다 놓은 강도 용의자가 취조 중에 달아나버린 사건이 있었는데, 그걸 눈감아준 적이 있었습니다. 신세를 졌으면 갚아야지요. 반장은 제가 밀치는 대로 물러섰습니다.

"사채업자야?"

"사채업자는 아니고, 사설 정보회사 간분데, 이쪽 계통에서는 꽤 알려진 거물이래. 금괴가 없어지지 않은 걸 보면 단순 강도는 아닌 것 같아."

박형사는 강아지처럼 제 뒤를 졸졸 따라다녔습니다. 그의 손에는 증거물을 보관하는 비닐봉지가 하나 들려 있었습니다. 저는 그의 손을 당겨서 내용물을 보았지요.

"수첩이네?"

"응, 내 거야."

"수첩을 비닐봉지에 담아서 가지고 다녀?"

"응, 젖었거든."

저는 웃었습니다. 그러자 그가 머쓱해져 말하더군요. "나도 아직 못 봤어."

"내가 먼저 보면 안 될까?" 그도 웃더군요.

"건더기 나오면 민기자 입에 먼저 넣어줄게."

그쯤에서 물러서는 것이 좋습니다. 너무 다그치면 그가 몸을 사리게 됩니다.

"뭐가 있긴 있는 거야?" 저는 별 관심 없다는 듯이 심드렁하게 말했습니다. 그러자 그는 약간은 억울하다는 표정이 되어 대답했습니다.

"금고 밑바닥에서 정보기관 문장(紋章)이 찍힌 미국의 군수업체 정보 자료 복사본이 발견되었어."

"정보기관에 군수업체라고?"

"이것 봐. 난 그냥 경찰이야. 정보 요원이 아니라고. 내가 아는 것은 그것뿐이야. 더 이상은 알 수 없어."

그 정도에서 접어야 할 문제였습니다. 몸도 피곤하더군요.

저는 그날 밤 10시 50분쯤 집에 들어왔습니다. 집에 들어서자마자 습관대로 텔레비전을 켰지요. 저는 단 1분이라도 고립되어 있다는 느낌이 싫습니다. 하지만 집에 들어오면 어쩔 수 없이 저는 혼자이고, 그 고립감에서 벗어나기 위한 가장 손쉬운 방법이 텔레비전을 켜는 것이지요. 집에 들어서면 불을 켜고 텔레비전 리모컨을 누르는데, '텅' 하고 브라운관에 기운이 들어가는 소리가 들린 후 화면이 밝아지기까지 그 짧은 짬마저도 견디기 힘들어 오한 같은 것을 느낍니다. 어쩌면 저는 아직도 자아 확립이 덜 된 미숙아인지도 모릅니다. 자아 확립이 여물게 된 사람은 혼자 있는 것을 즐긴다는데, 저는 한 순간도 혼자인 것을 견디지 못합니다.

　텔레비전 볼륨을 올린 후 방으로 들어가 옷을 갈아입고 다시 거실로 나와 11시 뉴스가 시작하는 것을 보았습니다. 뉴스를 계속해서 볼 것인가, 아니면 샤워를 할 것인가, 잠시 망설이다가 욕조에 물을 틀어놓았습니다. 그리고는 부엌으로 가는데, 텔레비전 화면에 국회 회의장 모습이 보였습니다. 한 국회의원이 서류를 흔들면서 말을 하는 장면이었습니다. 확신에 찬 태도 때문인지 손에 들린 서류가 무슨 깃발처럼 보이더군요. 그것을 깃발로 인식하는 순간 저는 묘한 긴장감에 사로잡혔습니다. 그는 "그 군수업체에 최근 청와대 유력 인사의 아들이 입사한 것을 아십니까?" 하고 말한 뒤 잠시 뜸을 들였습니다. 누군가가 대답하기를 기다린 것일까요? "이것이 바로 정보기관에서 내사한 자룝니다. 이게 무엇을 뜻하는지 아십니까?" 아무도 그의 거듭된 질문에 대답하지 않았습니다. 그가 회의장을 압도하고 있는 느낌이었습니다. 그것은 처음 본 화면이 아니었습니다. 벌써 며칠째 같은 장면이 계속해서 뉴스를 장식하고 있었던 것입니다. 그것은 그 문제가 정치적 이슈로 떠올랐다는 사실을 의미합니다. 하지만 그런 이슈 따위는 요즘 하도 흔한 게 되어놔서 귓등으로 듣고 있었는데, 이날의 느낌은 전혀 달랐습니다. 저는 비로소 그가 말하는 모습을 유심히, 하나도 놓치지 않고 들었으며, 그가 흔들다 내려놓은 서류로 카메라가 클로즈업해 들어가는 것을 보았습니다. 그 모든 상황은 마치 제게 보여주기 위해 준비된 것 같더군요. 서류를 클로즈업하는 것까지 말입니다. 텔레비전이 '여기를 보세요'라고 제게 속삭이는 것 같았습니다. 저는 그 서류에 눈에 익은 문장이 인쇄되어 있는 것을 확인했습니다. 그것은 SB의 문장이었습니다. 순간 저는 제 눈 앞에서 몇 가지가 뒤엉기는 것을 보았습니다. 미국의 군수업체, 실종된 정보회사 간부, 그의 집에서 나온 SB의 정보 자료, 미 군수업체에 얼마 전 아들이 입사했다는 그 청와대 유력 인사의 스캔들이 무슨 살아 있는 생물체처럼 뒤엉겨 냄새를 피워올린 것입니다. 그 순간 저는 음모를 감지했습니다. 제 몸 안에 있는 센서가 작동을 한 것이지요. 전율을 느꼈습니다. 비로소 박형사가 왜 저에게 전화를 걸었는지 알 수 있었습니다. 이것은 그저 우연인가? 확신할 수는 없었습니다만, 정황은 상당한 개연성을 가지고 있었습니다.

이게 도대체 뭘까? 생각을 좀 정리할 필요를 느꼈습니다. 우면동 그 빌라에서 실종된 전직 정보관은 텔레비전 화면 속에서 SB의 자료를 흔들어대던 그 의원과 어떤 관련이 있을까? 무모하기 짝이 없는 의문이었지요. 사실 따지고 보면 제가 가지고 있는 정보는 몇 개의 퍼즐 조각에 불과한 것이었습니다. 그리고 그 퍼즐의 핵심은 SB의 내사 자룝니다. 그런데 저는 이미 우면동 그 빌라에서 발견된 SB의 자료와 야당의 국회의원이 국방위원회에서 흔들어댔던 그 자료가 같은 것이라고 확신해버린 것입니다. 왜냐하면 그것이 모두 미국의 군수업체와 관련된 자료였기 때문이죠. 육감을 뿌리치기란 쉽지 않습니다. 마치 그것은 전광석화처럼 제 가슴에 순간적으로 불을 질러버렸습니다. 말하자면 화인에 타오르는 불꽃 같은 것입니다. 그건 제가 느낀 그 어떤 오르가슴보다도 확실했습니다.

자, 이제 천천히 정리해보겠습니다. 첫번째 의문은 도대체 어떻게 국가 정보기관의 고위 공직자 내사 자료가 야당 의원의 손에 들어갔을까, 입니다. 제가 만약 박형사라면 이 부분에서부터 시작합니다. 이 부분에서 저는 다시 전율을 느낍니다. 음모의 가닥이 미친년 머리카락처럼 펄럭이고 있는데 그걸 모른다면 기자가 아니지요. 이런 시시한 음모가 어디 있을까. 만약 이것을 누군가가 음모로 꾸몄다면 그는 얼치기 사기꾼임이 분명합니다. 그것이 비정상적인 유출이 아니었다면 이런 실종 사건 따위가 일어날 일이 없는 거지요. 이 부분에서 저는 제 자신이 지금 무엇인가를 물었다고 생각을 했습니다. 어쩌면 부장은 제게 이렇게 물을 것입니다. "확실한 거야?" 글쎄요. 아직은 알 수 없습니다. 만약 그것이

신문에 나간 다음 오보인 것이 밝혀진다면 부장은 그 순간 미친놈이 됩니다. 부장은 편집국 문 앞에 제 목을 매달려고 할 것입니다. 그렇게 되지 않기 위해서는 앞으로 얼마간 바빠질 것 같습니다. 어쨌든 한번 문 것은 좀처럼 놓지 않는다는 것이 기자로서 저의 신조거든요.

샤워를 끝낸 저는 컴퓨터를 켰습니다. 저의 또 다른 삶이 컴퓨터 안에 있습니다. 사이버 공간 안에 저만의 은밀한 또 하나의 인생이 새로운 음모를 꿈꾸고 있습니다.

인터넷에 접속하면 저는 신문 기사부터 읽습니다. 정치와 경제 관련 기사는 대충 읽고, 문화 관련 기사는 건너뛰고, 사회부 기사에 이르면 자세히 읽습니다. 특히 사건 사고 기사는 이를 잡습니다. 실시간으로 올라오는 그 기사들은 모두 제 경쟁자들의 것이기 때문이지요. 만약 특종을 놓쳤다면 잠잘 생각을 말아야 합니다. 부장은 제 머리채를 잡아 흔들지 못해 안달이 나 있을 테니까요. 이럴 때도 부장은 거의 미친놈이 됩니다.

하지만 특종을 놓치지 않은 사실이 확인되면, 제 몸은 서서히 달아오릅니다. 제 은밀한 또 다른 인생을 만날 기대로 들뜨는 것입니다. 그곳에서의 제 이름은 묘랑입니다.

동고를 처음 본 곳은 제가 즐겨 접속하는 한 포털 사이트의 토론방이었습니다. 그 포털 사이트는 이메일을 주고받을 수도 있고, 채팅도 하고, 마음에 드는 커뮤니티에도 가입하고, 쇼핑도 할 수 있고, 뉴스도 볼 수 있는 곳이었지요. 동고가 드나드는 그곳은 주로 정치 문제를 다루는 토론방이었는데, 그즈음 미국과의 외교 문제가 쟁점이 되어 있었습니다. 부시가 북한을 향해 '악의 축'이라고 일갈하고 난 다음이었는데, 오비이락이랄까 그즈음 차기 주력 전투기 선정 문제를 두고 미국의 보잉 사와 프랑스의 라팔이 대립각을 세우고 있었던 시점이었지요. 그것이 오비이락의 경우가 된 이유는 북한을 상대로 그렇게 엄청난 무장을 할 필요가 있는가, 그 허약한 상대를 두고 너무 심하게 무장하는 것이 아닌가 하는 의견이 나오고 있었기 때문입니다. 북한이 가지고 있는 무기의 질을 헤아려 허약한 상대로 보는 것에는 이견이 없어 보였습니다. 하지만 '언제든 별 조건 없이도 미쳐버릴 수 있는 악마'라는 점을 부각시킨다면 사정이 달라질 수밖에 없었지요. 그것이 작고 보잘것없는 악마라 할지라도 미쳐버린다면야 누구도 안전을 장담할 수 없을 테니까요. 멀리는 가미카제 특공대, 가까이는 9·11 자살 테러를 경험한 미국으로서는 더더욱 그럴 수밖에 없을 것입니다.

그런데 동고는 북한이 미치지 않을, 미칠 수 없는 이유를 조목조목 조리 있게 짚어내고 있었습니다. 그리고 더 나아가 부시가 '악의 축' 발언을 한 배경에 대해서도 믿거나 말거나 여러 예를 제시했고, 그 제시된 예는 미 군산복합체의 이해관계는 물론이고 동북아시아 정세와 힘의 균형에까지 이르고 있었습니다. 덜떨어지고 조리도 없고 마냥 흥분해서 목청만 높이는 다른 주장들과는 다르게 아주 차분한 논조여서 믿음이 가더군요. 제풀에 흥분해서 육두문자를 써가며 반론을 제기해오는 상대에게도 그는 이성을 잃지 않고 차분하게 자신의 생각을 말했습니다. 그것은 놀라운 침착성이었습니다. 모든 면에서 완벽한 논객이었으며, 그가 쓰는 글에도 지식인으로서의 정돈된 삶이 얼핏얼핏 드러나 있었습니다. 무역회사 직원이라는 작자가 세계 정세에 이토록 해박하며, 또한 그것을 피력하는 솜씨가 제가 본 어지간한 정치부 기자 뺨칠 정도였으니 저로서는 한마디로 그저 놀라울 따름이었다고 말할 수밖에는 없을 것 같습니다. 하루도 거르지 않고 토론방에 들르는 것으로 보아 놈이 그곳을 제법 소중하게 여기는 것 같았습니다. 아니, 좀더 정확하게 말하자면 동고라는 이름을 소중하게 여기는 것이겠지요. 자신의 논지에 반론을 제기하는 상대를 집요하게 물고 늘어지는 것을 보면서 더욱 그런 생각이 들었습니다. 물론 침착하고 예의 바르게 하지요. 하지만 동고라는 이름의 권위에 흠집을 낸 상대가 완전히 승복할 때까지 몰아붙이는 그 집요함은 아무래도 지나치다 싶었습니다. 놈은 그렇게 흠결 하나 없이 동고라는 이름으로 구축한 자신의 세계를 지켜가고 있었습니다. 그런 면에

46

서 결벽증이 있는 작자가 아닌가 하는 생각도 들었습니다.

하지만 그것 때문에 제가 놈에게 메시지를 보낸 것은 아닙니다. 그 정도라면 별 흥미가 없습니다. 놈에게 흥미를 갖게 된 것은 놈의 변신 때문이었습니다. 어느 날 저는 그 지킬 박사의 얼굴 뒤에 숨어 있는 하이드의 욕정을 들여다보았던 것입니다. 하지만 저는 전혀 놀라지 않았습니다. 누구에게나 그런 숨겨진 이면이 있으니까요. 드러내는 것과 감추어둔 것이 너무 다르면 놀랄 수밖에 없겠습니다만, 어쩐 일인지 저는 놀라움 대신에 알 수 없는 뜨거운 욕구가 온몸을 휩싸는 것을 느꼈습니다.

저는 언젠가부터 관심이 가는 상대의 IP 주소(internet protocol address: 인터넷에 연결된 컴퓨터에 부여되는 고유의 식별 주소)를 기억하는 버릇을 갖게 되었습니다. IP 주소를 아는 것은 어려운 일이 아닙니다. 토론방의 게시판은 그곳 특성상 글쓴이의 IP 주소가 공개되어 있습니다. 인신 공격이나 저속한 말을 하지 못하도록 하기 위해서지요. 그것이 무슨 집 주소처럼 추적이 완벽한 것은 아니지만, 그렇더라도 익명성이 판치는 사이버 세상을 어느 정도는 제어할 수 있는 장치가 되는 모양입니다. 물론 제가 상대의 IP 주소에 관심을 갖는 것은 다른 의미입니다. 그저 단순한 호기심이지요. IP 주소를 알게 되면 웹 사이트의 추적 장치를 이용해서 상대가 어느 도시, 어느 구에 사는 사람인지 정도는 간단히 알아낼 수가 있습니다. 그래서 IP 주소에 습관적으로 시선을 주게 되었는데, 시선을 주게 되면 눈에 들어온 그것을 자연히 기억하게 되었습니다. 숫자를 기억하는 것에 재주가 있는 저는 어지간한 전화번호는 메모하지 않고 기억합니다. 마찬가지로 관심 있는 상대의 IP 주소 역시 잘 잊지 않았습니다.

제가 댄싱 울프로 변신한 그놈을 만난 곳은 한 음악 채팅 방이었습니다. 음악방은 제가 인터넷에 접속하면 세번째로 순례하는 곳입니다. 신문들을 섭렵하고, 토론 게시판을 거쳐 마지막으로 가는 곳이 바로 음악방이지요. 수많은 음악방이 있지만 그곳을 골라 눌러앉은 이유는 그곳이 주로 30대가 모이는 방이라는 것과 선곡을 하고 사연을 말하는 소위 IJ라는 작자가 하는 짓이 흥미로웠기 때문입니다. 그것은 1980년대 명동의 음악다방 디스크자키와 같은 것이었는데, 그 작자에게서 그 시절 음악다방 'DJ 오빠'에 대한 향수가 모락모락 피어오르고 있었던 것입니다. 음성도 구수하고, 음악을 고르는 취향도 저와 비슷했습니다. 편안해서 좋다, 처음엔 그저 그런 느낌뿐이었습니다. 천장에 달린 조명 기구 없이 방구석에 서 있는 은은한 스탠드 불빛뿐이어서 가까이 다가가기 전에는 누구인지 알 수 없게 되어 있는 그런 은밀한 분위기의 방이었거든요. 게다가 저는 막 그곳에 들어갔기 때문에 그런 은밀한 분위기에 젖어들기까지는 시간이 좀 걸릴 수밖에 없었습니다. 그런데 그 작자가 레몬 트리를 흥얼거리며 따라 부르는 것을 들었던 첫날, 저는 아주 편안해졌고, 까닭 없이 서글퍼져서 결국은 그곳에 주저앉아버릴 수밖에 없게 되었습니다. 아마 놈이 레몬 트리를 흥얼거리기 전에 했던 이야기 때문이었을 것입니다.

　반지 이야기였습니다. 놈은 지금 자신의 손에 낀 반지를 바라보고 있다고 했습니다. 커플링인데, 링 중앙에 빨간 보석이 박힌 반지라고 했지요. 그 빨간 보석은 그저 보석이 아니고 한 영혼의 상징이었습니다. 오래전에 죽은 애인 이야기였습니다. 놈과 반지를 나누어 낀 그녀는 대학 3학년 때 죽었다더군요. 지금 자신이 결혼하지 않고 있는 것도 백혈병으로 죽은 그 여인의 영혼으로부터 자유롭지 못하기 때문이라고 말했습니다. 어쩌면 영원히 그럴 거라고 했지요. 그 얘기를 듣는데 콧등이 찡해지더군요. 남자의 순정이었습니다. 놈은 10여 분쯤 죽은 여인에 대한 이야기를 늘어놓았습니다. 긴장하면 손톱을 물어뜯고, 밥 먹을 때는 왼손과 오른손을 다 사용하던 여인의 습관까지 기억하고 있었습니다. 그리고는 레몬 트리를 들려주며 따라 부르기 시작했던 거예요. 레몬 트리를 흥얼거리다가 멈추더니 문득 자신은 외로우면 손가락에 낀 반지를 세 번 돌린다고 말하더군요. 그것이 그 이야기의 절정이었습니다. 세 번 돌리면 거짓말처럼 조금 전까지 자신을 견딜 수 없게 하던 외로움이 가신다는 거였습니다. 그녀의 영혼이 지금도 자신의 주변에 머물며 반지를 통해 자신을 위로하고 있다는 것이었습니다. 그러니까 그 반지는 그녀와 은밀하게 소통하는 빨간 우체통이었습니다.

하지만 시간이 흐르면서 그곳의 사물들이 눈에 익었고, 처음에 보지 못한 것들을 보았으며, 그 IJ라는 작자에 대해서도 새로운 것을 알게 되었습니다. 그곳은 사이버 공간에 불과했지만, 제 나름대로 그곳의 이미지를 구성해 실제로 존재하는 방 같은 공간감을 느낀 것입니다. 우선 방 안을 둘러보니 모두 여자들이더군요. 30대 미시방이라는 말이 어울릴 그런 구성원이었습니다. 밤이 깊어 분위기가 무르익으면서 IJ라는 작자의 이야기가 농염해지기 시작하더군요. 하지만 드러내놓고 음담패설을 지껄여대는 얼치기는 아니었습니다. 뭐랄까요. 조금 전 보여주었던 백혈병 여인에 대한 순정이 손상되지 않을 만큼 아주 적절히 매듭을 짓고 때로는 비틀어 핑크빛 연정을 빚어내는 탁월한 언변술사였지요. 저는 그 방의 30대 여인들이 그를 좋아하는 이유를 알 것 같았습니다. 더러운 음담패설이나 뱉어내는 족속들은 오래가지 못하지요. 반대로 고리타분한 원칙주의자도 인기가 없습니다. 그렇다고 그 중간에서 어정쩡한 태도를 보인다면 얼치기밖에 안 됩니다. 하지만 놈은 타고난 처세술을 가지고 있었던 것입니다. 진지함을 몸에 두르고도 감각의 칼날 위를 걷는 법을 알고 있는 놈이었습니다. 늘 아슬아슬하게 향락의 외줄을 타고 있었지만, 놈은 한 번도 실족하지 않았습니다. 실수가 더러 없었던 것은 아니지만 그것도 세련된 몸짓으로 피해 갔습니다. 그것은 바로 놈의 자신감이었습니다. 마침내는 대전·대구·부산 찍고 턴해서 광주·전주·인천에 이르기까지 온몸을 비틀어대며 발정 난 짐승처럼 끼를 퍼내도 그것이 더럽게 보이지가 않았던 것입니다. 지고지순한 순정에다가 넘치지 않을 끼까지 갖춘, 균형 잡힌 남자였습니다. 그러다가 시간이 되어 무대에서 내려올 때면 아주 멀쩡한 모습이 되었습니다. "이제 시간이 되었습니다. 안녕히 주무세요"라고 말할 땐 놈의 옷자락을 붙들고 잠시만 더 있자고 하소연을 하고 싶은 지경이었으니까요. 하지만 놈은 역시 마치 미꾸라지처럼 하소연을 뿌리치고 퇴장했습니다. 그리고는 끝인가요? 아닙니다. 그게 끝이었다면 재미가 없지요. 그후에 아무도 모를 은밀한 2차가 시작되는 것입니다. 그것은 정말 쥐도 새도 모를 아주 은밀한 것이었습니다. 방에서 나와 한숨을 돌린 뒤, 놈은 그날 음악방에 들어온 여자 하나를 골라 메모를 보내는 것입니다. 댄싱 울프의 매력에 푹 빠져 아쉬운 발길을 돌리던 여자에게 놈이 보낸 메모는 말 그대로 전율을 퍼 나르는 큐피드의 화살이었을 것입니다.

물론 음악 채팅 방에서 누군가의 IP 주소를 알기는 쉽지 않습니다. 그러나 누군가 제게 메모를 보낸다면 상황은 다르지요. 그 메모에는 IP 주소가 따라오게 되어 있기 때문입니다. 저는 놈에게 관심을 가졌고, 놈은 처음 방에 들어온 손님인 묘랑, 바로 저에게 의례적인 메모를 보냈던 것입니다. 거기에서 놈의 IP 주소를 발견했던 것이지요. 한눈에 IP 주소가 눈에 익더군요. 토론방에서 동고의 IP 주소를 본 것이 30분도 안 되었기 때문에 저는 그것을 분명히 기억할 수 있었습니다. 하지만 대부분 접속을 끊었다가 다시 접속하면 주소가 바뀌는 유동 IP 주소여서 시간을 두고 관찰할 필요가 있었습니다. 며칠 동안 관찰한 끝에 저는 댄싱 울프가 동고의 변신인 것을 확인하게 되었습니다. 조금 전 토론방에서 보았던 동고의 IP 주소가 그 방에서 댄싱 울프의 껍데기를 쓰고 앉아 있었던 것입니다. 놈의 용의주도함에도 불구하고 작은 구멍이 뚫려 있었던 것입니다. 세상에 완벽한 가면은 없었습니다.

그놈이 동고라는 사실을 알고 저는 묘한 흥분에 사로잡혔습니다. 밑도 끝도 없이 놈의 덜미를 잡았다는 생각이 들었기 때문이었습니다. 돌이켜보면 터무니없는 생각이지요. 그게 무슨 잡힐 덜미이며, 덜미라 한들 그걸 잡아 어쩌겠다는 건지 제 자신도 알 수 없었습니다. 놈이 토론방에서 동고로 활약하다 음악방에 와서 댄싱 울프로 이름을 바꾸었다 한들 그게 무슨 문제라는 건지요. 저는 놈에게 아무 기대도 감정도 없었습니다. 놈과는 그 어떤 이해관계도 없었으니까요. 앞에서도 말했지만, 그저 단순한 호기심에서 비롯된 것일 뿐이었습니다. 한 무역회사 직원이라는 작자가 정치 토론 게시판에 제법 놀라운 정세관을 피력했고, 저는 그에게 약간의 관심을 가졌으며, 그러던 어느 날 한 음악방에서 농염한 이야기로 30대 여인들의 가슴에 불을 지르고 있던 놈이 바로 그 놈이라는 걸 확인했던 것뿐입니다. 그런데 어쩌자고 제 몸이 그렇게 뜨거워져버렸는지 정말 알 수가 없는 일이었습니다. 처음에는 알 수 없었습니다만, 시간이 좀더 흐른 후 그것의 무엇이 제 마음을 흔들어놓았는지 알게 되었습니다. 그것의 정체가 무엇인지, 그것이 왜 저를 흥분시켰는지 따져본 결과 그 이유를 알게 되었던 것입니다. 한마디로 모티프를 발견한 것입니다.

그러나 그것은 거창한 무엇이 아니었습니다. 이미 드러나 있던 아주 단순한 사실에 불과했지요. 놈이 토론방에서 음악방으로 넘어올 때 이름을 바꾸었다는 것이고, 그 이유는 자신이 토론방의 동고임을 알리고 싶지 않았기 때문이었을 것이라는 사실이었습니다. 이름을 바꾸고 그걸 감추고 싶어한다는 사실은 정말이지 싱겁기 짝이 없는 모티프였습니다. 그러나 문제는 싱겁기 짝이 없는 그것이 은밀하게 제 가슴으로 파고들어 터질 듯이 부풀어오른 제 욕망을 할퀴어버렸다는 것입니다. 제 센서는 바로 그런 것에 강렬하게 반응을 합니다. 놈이 그것을 감추고 싶어한다는 사실, 그리고 그것을 알고 있는 유일한 사람이 저라는 사실이 제 가슴을 할퀸 수리의 발톱이었던 것입니다. 드디어 제 몸 안에 숨어 있던 관음증이 진물을 흘리기 시작한 것입니다. 저는 그 순간 오르가슴을 느꼈습니다.

저는 이름을 바꿔 바로 명월이가 되었습니다. 명월이가 되자 제 몸에 명월이의 피가 흐르더군요. 아마 저는 전생에 기생이었을 것입니다. 어쩌면 조선 명월이의 환생인지도 모릅니다. 놈은 그곳을 카바레라고 말하고 있지만, 애초 제게는 음악 감상실이었습니다. 그저 이야기를 나누면서 음악을 듣는 방이었지요. 하지만 놈이 카바레라고 말한다면 그곳은 카바레인 것입니다. 소위 '부킹'이라는 것이 이루어지는 그곳을 나이트클럽이라고 말하지 않은 걸 보니 어쩌면 놈이 자신의 나이를 의식한 것인지도 모르겠습니다. 아니면 그곳에서 만나는 여자들이 나이 든 여자라는 뜻인가요? 눈독을 들인 상대가 쉽게 넘어온다는 의미에서 카바레인가요? 나이든 여자는 쉽게 넘어온다? 그것을 의미하는 카바레일까요? 그것이 똥이면 놈은 구더기인데, 그렇다면 놈은 미련하게도 그것을 잊고 있는 거지요.

제가 명월이로 변신한 지 사흘째 되던 날이었습니다. 비로소 저는 놈의 그 환락의 성(城)을 이해할 수 있었지요. 놈은 그 성의 성주였고, 그곳에 모인 여인들은 언제든 뽑혀나가 놈의 상대가 되어

줄 궁녀들이었던 것입니다. 그러나 그곳의 여인들은 자신이 그런 용도로 사용되고 있는 사실을 몰랐을 것입니다. 선택받은 여인은 오직 자신만이 성은을 입은 것이라고 믿으며 황공해했겠지요. 그 방에서 느꼈던 열기는 오직 자신만이 성은을 입었다고 믿는 여인들의 달뜬 체온 때문이었을 것입니다. 놈은 결국 제게도 메모를 보냈습니다. 저는 그 사실들을 알면서도 사양하지 않았습니다. 저도 기꺼이 그중 하나가 되었습니다. 그즈음 저도 새로운 재봉틀이 필요했거든요. 놈이 몇 명의 여자와 어떻게 상대하든 저로서는 상관없는 일이었습니다. 저는 침대 아래에 있는 낡은 재봉틀을 버리고 그것을 대신할 새 재봉틀을 구하는 일에 골몰해 있었던 때였으니까요.

놈은 역시 타고난 제비였습니다. 제비 체질이라고 해야 할까요? 놈의 머리 속에는 온통 여자들에 대한 관심으로 가득 차 있는 것 같았습니다. 놈은 처음부터 진했고, 여자를 불편하지 않게 열락으로 이끄는 탁월한 재주가 있었습니다. 그것의 처음은 달콤했으며 나중은 형언할 수 없게 짜릿했습니다. 아, 제비란 이런 놈들을 두고 하는 말인가 보다 하는 생각이 들더군요. 기름 독에서 막 기어나온 놈처럼 기름기가 번들거리는데 느끼하지가 않은 겁니다. 저는 놈과 더불어 밤마다 황홀했습니다.

그런데 그렇게 황홀한 밤을 지내면서 저는 한 가지 의문을 가졌습니다. 그 황홀함의 조건이 범상치가 않았던 것입니다. 놈과 제가 즐기는 공간은 가상의 공간입니다. 놈은 채팅을 하면서도 카메라를 사용하는 영상 채팅은 끝내 거부했지요. 얼굴이 제게 알려지는 점이 싫다는 뜻이었을 겁니다. 그러니 저는 놈을 볼 수도 없었습니다. 만질 수도 없는 놈과 섹스를 하는데 볼 수도 없다는 것은 참 답답하고 고루한 일이었습니다. 처음에는 자판을 두들겨서 문자로 체온을 나누다가 분위기가 무르익으면 음성으로 옮겨가는데, 참 한심한 노릇이지요. 채팅 방의 제목 중에 '번개팅'이 주종을 이루는 판에 놈은 오프라인에서 만나는 것은 물론이고, 카메라를 이용하는 것마저도 거부했습니다. '설남, 한 시간 이내에 번개할 설 여자 구함.' 때가 고즈넉한 새벽이니 양천구에서 광진구를 간들 한 시간이면 족할 것입니다. 그런데도 놈은 이 쉽고도 간단한 현실 세계를 버려두고 그것도 컴퓨터 위에 멀쩡하게 붙어서 리얼리티를 더해줄 카메라까지 거부하고는 이미 한물간 재래식 방법인 문자와 음성만을 고집하는 것이었습니다. 참으로 답답한 노릇이었습니다.

하지만 시간이 흐르면서 제가 틀렸다는 것을 알았습니다. 은밀함의 의미를 아는 놈이었지요. 눈을 찌르고 천상의 음을 만들어낸 음악가의 비결을 알고 있는 놈이었습니다. 놈은 바로 그 점에 자신이 있었던 것입니다. 놈은 그 가상의 세계에서 황홀한 꿈을 만들어내는 데 뛰어난 재주를 가지고 있었던 것입니다. 알 수 없는 일이지요. 놈이 리드하며 만들어가는 그 열락의 세계는 현실 세계의 그것보다도 더욱 사실감이 있었습니다. 그러니 저는 눈을 감은 채 놈이 묘사하는 그 가상의 세계에 빠져 끝없이 허우적거릴 수밖에 없었던 것입니다. 놈은 처음부터 자신이 있었을 것입니다. 카메라를 이용해 영상 채팅을 하지 않아도, 실제로 번개팅을 하지 않아도 충분히 열락의 세계를 만들어갈 자신이 있었던 것이지요. 놈은 디테일에 강했습니다. 놈의 언어는 깃털처럼 부드러운 손과 뜨거운 혀가 되어 섬세하게 제 몸을 애무했습니다. 놈은 언어를 진흙처럼 주물러 열락의 도구로 만들어내는 희한한 재주가 있었고, 놈이 만든 말의 그 긴 혀가 제 목덜미를 핥기 시작하고, 부드러운 물건이 제 사타구니를 자극하는 동안 저는 낡은 재봉틀 따위는 잊어버릴 수 있었던 것입니다. 그리하여 달콤하고 짜릿한 격정 속으로 빠져들 수가 있었던 거지요. 놈은 저뿐만이 아니라 음악방에서 만난 다른 여자들도 그렇게 녹여냈을 것입니다.

그렇게 놈을 만나 즐기면서 문득 도대체 토론방의 동고는 누구인가 하는 생각이 들더군요. 도대체 어떤 놈이기에 이렇게 다른 모습일 수 있다는 말인가, 바로 그것이 문제였습니다. 문제는 놈의 변신이 지나치게 완벽했다는 것이었지요. 음악방에서 나온 놈은 어느새 턱시도를 입은 신사가 되어 문화의 거리를 활보하는 겁니다. 그에게서 더 이상 댄싱 울프의 흔적을 찾아볼 수가 없습니다. 그것이 결국 제 속을 긁어놓았습니다. 놈에게는 정말이지 불행한 일이었지요. 놈은 결국 제 표적이 되었습니다. 그건 인간이 할 짓이 아닌 겁니다. 조금 전까지 댄싱 울프로서 발광을 했다면, 동고의 영역에서도 발광하면서 흘렸던 땀냄새 정도는 풍겨야 정상 아닌가요? 그런데 놈은 구역질나게 멀쩡한 모습으로 동고 행세를 했던 것입니다. 바로 그것이 제 관음증의 센서를 건드린 겁니다.

제가 댄싱 울프가 아닌 동고에게 묘랑의 신분으로 메시지를 보냈던 시점이 바로 그때였습니다. 놈이 막 음악방에서 기어나왔을 때 저는 그 찬스를 놓치지 않고 메모를 날렸던 것입니다. 저는 명월이가 아닌 묘랑이라는 이름으로 메모를 보냈고, 놈은 제가 음악방에서 자신이 농락했던 명월이의 변신인 것은 꿈에도 생각하지 못했을 것입니다.

제가 동고라는 이름을 향해 명월이가 아닌 묘랑의 이름으로 메모를 보낸 것은, 놈을 철저하게 제 울타리 안에 가두고 싶었기 때문입니다. 제 가시청권 안에 놈의 변신의 행위를 가두어두고 싶었기 때문입니다. 그러니까 놈을 묘랑의 이름으로 한 번 더 붙잡아놓으면 동고이든, 댄싱 울프이든 부처님 손바닥 안에 있는 거지요. 동고일 때는 묘랑의 손바닥 안에 있는 거고, 댄싱 울프일 때는 명월이의 손바닥 위에 있는 겁니다.

　하지만 어찌 된 일인지 놈에게서는 응답이 없었습니다. 제가 메시지를 보내 응답이 없었던 경우는 굉장히 드문 경우여서, 요것 봐라, 싶었지요. 혹시 제가 묘랑이라는 이름으로 음악방에 드나들었던 사실을 기억하고 있는 것은 아닐까 걱정이 되기도 했습니다. 만약 묘랑이라는 이름을 기억하고 있다면 놈이 제 메시지에 응답할 리 없었습니다. 놈은 댄싱 울프와 동고 사이에 울타리를 쳐놓고 이중생활을 하고 있는데, 유곽에서 사용하는 댄싱 울프라는 이름이 동고라는 이름을 사용하는 지성의 장에 드러나서는 곤란하지요. 요컨대, 댄싱 울프라는 이름으로는 허리 아래의 일을, 동고라는 이름으로는 허리 위의 일을 보는 것입니다. 그랬으니 댄싱 울프가 하는 짓이 동고의 세계에 드러나는 걸 용납할 수가 없는 거지요. 이런 부류 인간들의 공통점 하나가 저만 영악한 줄 안다는 점입니다. 저가 그리하면 남도 그리할 것이라는 걸 모른다는 거지요. 놈이 동고인 동시에 댄싱 울프이듯이 저 역시 묘랑인 동시에 명월이었습니다. 한 가지 놈과 다른 점이 있다면, 저는 묘랑이라는 이름을 그다지 소중하게 생각하지 않았다는 점입니다. 그 이름은 하찮은 액세서리 같은 것에 불과했습니다. 그 이름의 명예나 순결 따위에는 관심조차 없었다는 것이지요. 어차피 익명의 꼬리표 같은 이름인데, 왜 그리 집착을 해야 하는지요. 어느 순간 버려야 할 일이 생긴다면 아무 미련 없이 버릴 이름인 것입니다. 하지만 놈은 동고라는 이름을 제 목숨처럼 여기고 있었습니다. 어쩌면 그 이름은 놈의 분신이었을 것입니다.

어쨌든 놈이 제 메시지에 바로 응답했다면 채팅 창으로 불러내어 하룻밤 그저 시시덕거리다가 말았을지도 모르겠습니다. 저는 다음날 정식으로 그에게 편지를 보냈습니다. 역시 답장이 없더군요. 슬슬 자존심이 꼬이기 시작했습니다만 웬일인지 그것이 기분 나쁘지는 않았습니다. 저는 내친김에 조금 더 망가져보자 싶어 계속해서 편지를 보냈지요. 답장이 없는 편지를 계속해서 보냈더니 놈도 슬그머니 호기심이 생겼던 모양입니다. 세상에 호기심을 이길 장사는 그리 흔치 않지요. 결국 저는 놈의 답장을 받았습니다. 놈이 음악방에 드나들던 묘랑이라는 이름을 기억하지 못하고 있었던 것이 분명했습니다.

답장을 받고 보니, 황진이가 따로 없더군요. 제가 바로 지족선사를 무너뜨린 명월이었습니다. 놈은 결국 제 덫에 걸려들었습니다. 그후 우리는 편지를 주고받는 관계가 되었습니다. 생각 같아서는 당장에 놈의 이중생활을 구겨놓고 싶었지만, 모처럼 구한 희한한 장난감인데 그럴 수는 없었습니다. 흔히 구할 수 있는 장난감이 아니었습니다. 놈은 이름을 두 개씩이나 가졌고, 게다가 두 개의 인격마저 가졌습니다. 그러므로 놈은 하나의 몸에 두 개의 영혼을 가진 메두사 같은 놈입니다. 그런 놈을 장난감으로 가질 수 있는 기회는 쉽게 오지 않습니다. 가지고 놀더라도 놈의 격에 맞게 가지고 놀아야 합니다. 그래서 저는 놈이 저를 완전히 믿을 때까지 기다리는 편이 좋겠다는 생각을 했던 겁니다. 놈이 저를 믿고 아킬레스건을 모두 드러내놓을 때까지 기다리는 거지요. 그래서 저는 신세 한탄을 늘어놓은 편지들을 보내기 시작했습니다. 제 자신을 먼저 드러내면 놈도 덩달아서 그리할 것이라고 믿었기 때문이었습니다.

딥 스로트

그날 오후, 감찰 팀의 감사관이 찾아왔었다. 우면동 한 빌라에서 실종 사건이 있었는데, 실종된 사람이 전직 정보관이며, 나와 잘 아는 공 아무개라는 것이었다. 그는 분명히 '당신과 잘 아는 공 아무개'라고 말했다. 사람이 실종되었다는데, 왜 '당신과 잘 아는'이라는 말에 더 신경이 쓰였는지 모르겠다. 공 아무개가 실종이 되었건 말았건 그가 어떻게 해서 나와 잘 아는 사이가 되었을까에 신경이 쓰였던 것이다. 사실 나는 공 아무개를 잘 모른다.

그가 국장의 친구라는 사실 외에는 정말 아는 것이 없다. 몇 차례 그쪽에서 요청해 술자리를 같이 했을 뿐이었다. 어쨌든 나는 "그래요?" 하며 깜짝 놀랐다는 표정을 지었다. 그런데 그걸 왜 내게 보고하는지 알 수가 없었다. 전직 정보관이 실종된 것이라면 마땅히 정보기관 수사 팀에서 수사를 해야 할 일이다. 하지만 내게 와서 보고할 이유는 없는 것이다. 그가 진지한 표정을 지으며 다시 말했다.

"그를 잘 아시지요?"

나와 잘 아는 공 아무개라고 말한 것은 조금 전 그였다. 그의 말에 나는 기분이 상했다.

"잘 안다기보다 몇 번 만난 적이 있어요."

나는 대수롭잖다는 듯이 말했다. 그러자 그는 들고 있던 가방을 내게 내밀었는데, 사실 나는 그가 방에 들어섰을 때부터 줄곧 그 가방에 시선을 주고 있었다. 눈에 익은 가방이었던 것이다. 하지만 누구나 가질 수 있는 평범한 가방이었기 때문에 그가 그것을 내게 내밀기 전까지 어떤 위기도 느끼지 못하고 있었다.

"이게 그 사람 집에서 나왔어요. 내용물을 살펴보니 정보관님 가방이더군요."

나는 다시 놀란 표정을 지었다. 아니, 실제로 놀라웠다. "그게 왜?" 하지만 다음 순간 나는 그게 놀랄 일이 아님을 알아차렸다.

가방을 잃어버린 날 그와 술을 마셨던 것이다. 가방을 잃어버린 후, 그와 함께 술을 마셨던 술집에 전화를 걸었었다. 술집에 두었 거나 택시에 놓고 내렸을 것이라고 생각했었다. 하지만 술집에는 없었다. 만약 택시에 두고 내렸다면 연락이 올 때까지 기다릴 수밖에 없었던 것이다. 하지만 워낙 취해 정신을 놓아버렸던 상황이어서 길에서 잃어버렸을지도 모르겠다고 생각했었다. 모든 것이 뒤죽박죽이었다. 한 가지 분명한 것은 시간이 너무 많이 흘러버렸다는 사실이었다. 이제 그것이 내게 되돌아오는 것은 위험한 일이었다. 그것이 즉시 되돌아오지 않은 이상 차라리 영원히 사라져버리는 것이 좋았던 것이다. 물론 그 안에 들어 있는 정보 자료들을 한갓 쓰레기로 여길 사람이 주웠어야 한다. 그리고 그 쓰레기들을 쓰레기통에 버렸어야 하고, 그 쓰레기들이 구청의 쓰레기 수거 차량에 실려 소각로에서 한 줌의 재로 사라져버렸기를 원했던 것이다.

"정보관님 가방 맞지요?"

내용물을 확인해보니 당신 가방이었다고 말한 사람은 조금 전 그였다. 나는 조금 멍청한 표정으로 그를 올려다보았다. "맞아요?" 그가 다시 물었다. 나는 더 이상 불쾌한 기분마저도 들지 않았다. 무엇인가가 내 머리를 짓누르는 느낌이었다. "맞아요." 나는 억눌린 목소리로 말했다.

"그게 왜 그 사람 집에 있었지요? 설명해주시겠습니까?"

"그러니까, 그게……" 나는 더듬거렸다. "함께 술을 마신 적이 있는데, 그때 그에게 가방을 맡겼을 겁니다. 제가 너무 취했거든요. 중요한 것이 들어 있지는 않아서 다음에 만나면 받아야지, 하고 그냥 두었어요."

'중요한 것이 들어 있지 않아서'라고 말한 것은 어떤 의미였을까. 그것에는 당연히 가방 속의 그 물건이 이미 사라졌을 것이라는 믿음이 전제되어 있었을 것이다. 그리하여 그렇게 말함으로써 미리 피해 갈 구멍을 만들어두고 보자는 속셈이 아니었을까.

"그런데 가방을 새로 사셨군요." 그는 책상 위에 놓여 있던 새 가방을 바라보며 말했다. 다음에 만나서 받아야지 하고 그냥 두었다는 말이 그 순간 오물을 뒤집어쓰고 주저앉는 것을 느꼈다. 그가 다시 물었다.

"가방을 새로 사셨나요?"

가방을 새로 사셨군요, 라고 조금 전 말했던 작자가 다시 그렇게 묻고 있었다. 나는 정말 더러운 덫에 걸려 있었다. "새로 산 건 아니고……" 나는 다시 말을 더듬었다. "전에 사둔 게 있었어요." 그가 웃었다. "그래요?" 나는 놈을 죽여버리고 싶었다. 놈은 나를 능욕하고 있었다.

"없어진 게 있는지 확인해주시겠습니까?"

가방을 열어보았지만, 자세히 보지는 못했다. 자세히 보지 않았다고 말하는 편이 옳겠다. 서류철 쪽은 아예 눈에 들어오지 않았고, 옆구리에 꽂아둔 볼펜과 만년필 따위만 눈에 들어왔다. 신경은 온통 그에게로 가 있었다.

 "없어진 게 있습니까?" 그가 다시 물었다. 나는 잠시 배꼽 아래로 기운이 몰려들기를 기다렸다. 그리고는 이윽고 "없소"라고 단호하게 말했다.

 "정말 없습니까?"

 나는 그 순간 어이가 없다는 표정으로 그를 올려다보았다. 그것은 오히려 내 쪽에서 어이가 없는 일이었다. 그가 "정말 없습니까" 하고 되물을 이유가 없는 것이다. 그는 그 안에 어떤 물건이 있었는지 그에 대해서는 아무 정보도 없다. 그러므로 정말 없느냐고 묻는 것은 단순히 넘겨짚기인 것이다. 아무 증거도 없이 넘겨짚는다는 건 사람을 대하는 도리가 아니다. 그는 페어플레이를 하고 있지 않았다. 배꼽 아래에는 아직 뜨거운 기운이 조금 남아 있었다. 그와 시선이 마주쳤고, 마주친 채로 혼신의 힘을 끌어모아 2초쯤 더 바라보았다. 그리고 다시 천천히 말했다.

 "없어진 건 없소." 그 순간 나는 무대 위에 선 연극배우 같은 심정이었다.

 그러자 그는 더없이 인자한 표정으로 말했다.

"협조해주셔서 고맙습니다."

그때 그의 표정은 마치 그 대답을 기다렸다는 듯한 느낌을 주었다. 그가 덧붙여 말했다.

"그 말을 번복할 일은 없겠죠?"

"없습니다." 이것도 리얼리티의 승리이다. 나는 혼신의 힘을 끌어모아 확신에 찬 목소리를 냄으로써 개연성을 만들어내는 데 성공했고, 그가 의혹 없이 믿을 수 있도록 해주었던 것이다.

"좋습니다" 하고 그는 몸을 돌려 문 쪽으로 나가다 말고 다시고개를 돌려 말했다. "지금 경찰에서 그 전직 정보관의 실종 사건을 수사하고 있습니다. 그 친구는 아주 위험한 인물이었어요. 정보관님이 그 친구와 가깝게 지내신 건 아무래도 국장의 권유 때문이었겠지요?"

국장의 권유라니. 나는 무슨 뜻인지 알아듣지 못했다. 무슨 말이지? 그걸 헤아리려는 순간 그가 다시 말했다.

"대답하기 곤란하시면 대답하지 않아도 좋아요. 좋습니다. 그럼 이만……" 그는 다시 몸을 돌려 문을 열고 나가버렸다. 그리하여 나는 정직하게 대답할 수 있는 기회를 잃었다. 그가 너무 빨랐던 것이다.

집으로 돌아온 나는 한동안 멍청하게 앉아 있었다. 그렇게 멍청하게 앉아 있는 동안 다행스럽게도 퓨즈가 끊어져버렸다. 무슨 일이 일어난 거지? 마음속에서 큰일이라는 쪽과 이번에도 별일 없이 지나갈 것이라는 쪽이 다투는 바람에 조금 혼란스럽기는 했지만, 별일 없을 거라는 쪽이 우세였다.

다시 묘랑이라는 여자에 대해 생각했다. 한가롭게 묘랑이라는 여자에 대해 생각할 수 있었던 것은 내가 다시 **평상심으로** 돌아왔다는 사실을 의미했다. 다만 "국장의 권유 때문이었겠지요?"라는 감사관의 질문이 어떤 의미였는지 알 수 없는 것이 희미하게 불안감을 키우고 있긴 했지만, 그 정도쯤은 얼마든지 접어둘 수 있었다.

묘랑이라는 이름이 낯익다는 생각을 했다. 어디에서 보았을까. 이미 그년과는 여러 차례 편지를 주고받은 후였다. 대충 저녁을 만들어 먹고 나니 년에게서 메모가 날아왔다. 편지를 주고받게 된 이후 그년 쪽에서 일방적으로 나를 호출하는 일이 잦았다.

이날 밤 그년이 한 얘기 중에 재봉틀 얘기가 가장 인상적이었다. 그 재봉틀은 년의 외할머니가 시집오면서 가져왔던 것이었다. 외할머니가 돌아가시면서 어머니가 갖게 된 것이었는데, 온 가족이 이민을 떠나면서 그것은 그녀의 몫이 되었다. 그녀의 방에 있던 짐 말고는 한 톨도 남기지 않고 다 이삿짐에 꾸려 가지고 갔는데, 나중에 보니 그 재봉틀이 남아 있었다는 것이었다. 처음에는 그것에 어떤 의미도 없었다. 그런데 언젠가 외로움에 지친 그녀가 어머니와 통화를 하면서 그것에 의미를 두게 되었단다. 그녀의 외할아버지는 난봉꾼이었다. 바람둥이였던 그녀의 외할아버지는 평생 외할머니를 홀로 있게 했다. 그때 외할머니의 외로움을 달래준 것이 재봉틀이었고, 그 이후로 재봉틀은 외로움에 관한 한 그 어떤 것보다도 훌륭한 처방이었다는 것이었다. 그녀의 어머니마저도 "나도 한때는 그것의 효과를 보았단다"라고 말했다는 것이었다.

재봉틀로 외로움을 달랬다면, 그것으로 무엇인가를 만들면서 외로움을 잊었을 것이라고 생각하는 것이 상식적이다. 그의 할머니나 어머니는 분명히 그랬을 것이다. 하지만 재봉틀을 사용해봤을 리 만무한 그년에 이르면 도대체 그게 어떤 쓸모가 있을 것인지 막연해지는 일이었다. 아닌 게 아니라 그년으로서도 알 수 없는 이야기였다. 그래서 도대체 어떤 효과냐고 어머니에게 되물었다는 것이었다. 그러자 년의 어머니는 "가지고 있어보면 안다"고 말했다는 것이었다.

하지만 묘한 일이었다. 그 얘기를 듣고 난 뒤 실제로 그년은 그 재봉틀의 효과를 보았다는 것이었다. 마음이 가라앉고 세상이 노랗게 주저앉을 때 그 재봉틀을 쓰다듬고 앉아 있으면 이상하게도 마음이 편안해진다는 것이었다. 마치 처음부터 외로움을 달래주기 위해 태어난 물건처럼 애틋한 온기까지 느껴진다는 것이었다. 그래서 어느 날 그것을 침대 위에 올려 끌어안고 잤는데, 그날 이후 놀랍게도 자신을 괴롭혔던 불면증이 사라졌다는 것이었다.

"이 재봉틀이 진짜 수컷이었던 거예요."

그년은 부끄러운 줄도 모르고 말을 퍼내고 있는 중이었다. 재봉틀의 그 차가운 등이 매력적이라고 했다. 그것을 쓰다듬고 있으면, 그 단단함과 유려한 곡선이 자신을 유혹한다고 했다. 어느 여름에는 그것을 매일 밤 끌어안고 잤다고 했다. 그 단단함이라니, 그년은 그 부분을 재봉틀의 등이라고 말했지만 나는 충만한 근력으로 여문 남성의 허리를 떠올리고 있었다.

"수컷이라고요?" 나는 그년이 쓸모 있는 말만 지껄일 수 있도록 주의를 환기시켰다. 조금 흥분하고 있었던 것이다.

"놀란 거예요?"

"조금. 하지만 흥미롭군요."

"재봉틀과 섹스하는 제 모습이 상상이 돼요?"

하지만 나는 믿을 수가 없었다. 재봉틀과 섹스를 하다니, 이년이 누굴 바보로 아나 싶었다. 아무리 상상력이 대단한 카피라이터라고 해도 이건 좀 지나친 것이다. 나는 년의 직업이 카피라이터라는 사실을 내 자신에게 가끔 상기시키고 있던 중이었다. 그년이 내게 거짓말을 하지 못하도록 감시할 필요가 있었던 것이다. 나는 내가 믿을 수 있도록 말을 해보라고 요구했다. 그러자 넌은 내 말을 정말 못 믿겠다는 거냐고 앙앙거리더니 이내 시무룩한 침묵 속으로 가라앉았다. 나는 그년이 침묵하는 동안 조바심이 났지만 끈질기게 기다렸다. 그러자,

"재봉틀이 딱딱해서 불편할 것 같지만, 사실은 그렇지가 않아요"라고 의혹의 핵심을 짚어 말하는 것이었다. 그년은 내가 무엇을 궁금해할지 미리 알고 있었다.

"딱딱한 것을 단단함으로 인식하면 사정은 180도 달라지죠. 무슨 뜻인지 알겠어요?"

"무슨 뜻인지 모르겠는걸. 단단함이라니, 그게 뭐지?"

하지만 넌은 대답하지 않았다. 대신 의미 있는 침묵으로 응수했다. 넌이 침묵하는 동안 나는 그것을 이해했다. 그것은 정교하게 짜여진 직물처럼 부드럽게 내 의식을 감싸왔다. 내 무의식의 밑바닥에 전율이 고여들기 시작하는 것을 느꼈다. 출렁이며 그것은 내 욕망의 심연을 건드리고 있었다. 정말이지 그것은 믿을 수 없는 일이었다. 도대체 내게서 지금 무슨 일이 일어나고 있는 거지, 정말 알 수 없는 일이었다. 세상에! 그날 나는 재봉틀과 섹스를 하는 여자를 떠올리며 흥분하고 있었던 것이다.

"차가운 것도 마찬가지예요. 제 뜨거워진 몸을 생각한다면 그 차가움은 정말이지 환상적이지요. 침대 안에서 5분만 끌어안고

있으면 문제는 해결이 돼요. 제 뜨거운 피가 재봉틀 안으로 스며들거든요. 그렇게 해서 완벽한 남자 하나가 제 품 안에 탄생하는 거예요."

나는 년의 말솜씨에 녹아버렸다. 여기서 중요한 것은 내가 년의 말솜씨에 녹아버렸다는 점이다. 재봉틀이 품 안에서 남성으로 변하기까지의 섬세한 설명을 듣지 않았다면 나는 결코 발기하지 않았을 것이다. 재봉틀을 끌어안고 섹스를 하는 여자를 상상하는 일은 매우 어렵다. 그것은 불가능한 일이다. 그런데 년은 그 불가능한 상상을 가능하게 하는 말솜씨를 가지고 있었다. 년이 만든 광고 문구가 사람들 가슴에 스며들어 구매 욕구에 발동을 걸듯 그날 밤 내게도 욕정을 불러일으켰던 것이다. 그쯤에서 나는 년이 재봉틀과 섹스를 하는 모습을 떠올리고 있었다. 년은 지가 원하는 방향대로 끌고 가기 위해 내 인식의 오류를 부지런히 수정하고 유도하는 데 성공했던 것이다. 그것이 자위행위를 위한 평범한 바이브레이터였다면 오히려 나는 별 흥미를 느끼지 못했을 터이다. 그런데 재봉틀이라니.

그것이 사실인가 아닌가는 더 이상 의미가 없다. 중요한 것은 그년이 그렇게 말하고 있다는 것이고, 또한 그것을 절대적으로 확신할 수는 없지만 그럴 것이라고 하는 느낌을 불러일으키는 점에서는 전혀 부족함이 없었다. 이년은 카피라이터잖아, 라고 내 인식을 환기시키는 것은 이제 비겁한 일이었다. 재봉틀, 그 파격은 오히려 놀라울 만큼 힘을 발휘했다.

"재봉틀의 어느 부위가 제 몸 안으로 들어오는지 궁금하지 않아요?"라고 물었지만, 그것은 오히려 내 상상력을 방해하고 있었다. 나는 이미 그녀의 달덩이 같은 하얀 엉덩이가 재봉틀 위에서 흔들리는 것을 떠올리고 있었던 것이다. 재봉틀의 어느 부위가 그녀의 몸에 결합되어 있는가 따위의 디테일은 뭉개져 있을수록 좋았다. 필요 없이 깊게 파고들다 더 이상 굴착할 수 없는 암반을 만날 수도 있기 때문이었다.

그러나 그것은 위험한 일이었다. 나는 댄싱 울프가 아니라 동고의 신분으로 그녀를 만나고 있었던 것이다. 나는 그녀를 상대하고 있는 내가 댄싱 울프가 아니라 동고라는 사실을 잊지 말아야 했다. 그것은 힘겨운 일이었다. 그것은 그녀를 속이는 것보다 나 자신을 속여야 완벽해지는 일이었다. 그렇지만 집요하게 동고의 허울을 제치고 밀고 올라오는 댄싱 울프의 욕망을 물리치는 것은 그리 간단한 일이 아니었다.

그리하여 나는 그녀가 재봉틀에 관해서 얘기하는 동안 다시 되돌아온 가방에 대해 생각하는 편이 좋겠다고 마음먹었던 것이다. 되돌아온 가방을 생각하는 것은 차가운 물을 뒤집어쓰는 것과 같은 효과가 있었다. 나는 벌거벗고 욕정으로 달궈진 몸에 수돗물을

뒤집어쓴 것이다. 감사관은 국장의 권유로 전직 정보관과 접촉했
느냐고 물었다. 왜 그렇게 물었던 것일까? 그것을 알아야 할 절박
한 이유를 느끼지 못했음에도 불구하고, 그 한마디가 여전히 마음
에 걸려 있었다. 왜 그렇게 물었던 것일까? 내가 그것을 생각하는
동안에도 그녀은 계속해서 재봉틀 얘기를 하고 있었다.

재봉틀 커넥션

저는 집에 들어서는 순간 켤 수 있는 것은 모조리 켭니다. 마치
이륙 직전의 비행사처럼 스위치를 올려대는 거지요. 제가 문을 열
고 들어서면 현관 등은 센서 동작으로 자동으로 켜집니다. 그게
바로 시작이시오. 방의 형광등이 늘어오기 전에 텔레비전을 켭니
다. 형광등 스위치와 리모컨을 동시에 누르는 겁니다. 그리고 거
의 달음박질쳐가며 식탁 위의 등이며, 화장실의 백열전구까지 켜
는 거지요. 그리고 마지막으로 컴퓨터의 스위치를 누릅니다. 텔레
비전의 브라운관에 빛이 쳐들어오는 텅, 하는 소리와 뒤이어 들리
는 컴퓨터의 부팅 소리는 제 마음을 안정시키는 무슨 음악 같습니
다. 그리고 나면 가끔 전화벨이 울리기도 합니다. 그 순간의 전화

벨 소리는 기분이 안 좋습니다. 누군가가 저의 이런 모습을 훔쳐
보고 있었던 느낌이 들거든요.

"여보세요." 박형사였습니다.

"지금 어디야?"

"어디긴 어디야, 집이지. 지금 늘어왔어."

"빨리도 들어갔네."

"왜, 무슨 일 있어?"

"응, 별거 아니고. 재미있는 일이 생겨서."

"뭔데?"

"우면동 실종 사건 말이야. 거기에 정보기관 감사관이 파견되
었더라고."

"당연한 거 아니야? 실종된 작자가 전직 정보관이었다면서?"

"그렇긴 하지. 그런데 말이지, 그 감사관이란 작자 아주 기분
나빠. 서에 들어갔는데 내 책상 서랍을 뒤지고 우리 과 사무실 캐
비닛까지 온통 뒤졌더라고."

박형사는 이 부분에서 분명히 감사관이라는 작자가 자신의 캐
비닛을 뒤졌으며, 그것 때문에 기분이 나쁘다고 말했다.

"그래서?"

"그러고 나서 없어진 게 있어."

"뭐가 없어졌는데?"

"지난번에 민기자에게 말했던 그 정보 문건 있잖아. 그게 없어졌어."

"이런 염병할…… 그러게 좀 보여달랬더니 끝내 안 보여주고. 그래, 박형사는 봤어? 내용이 뭐였는데?"

"나도 못 봤지. 언제 볼 짬이 있었어야지."

"이런 염병……"

"아이구 가시내, 입 한번 더럽기는…… 아주 염병을 입에 달고 사네."

"그러게 보여달랬더니……"

"그러게 한번 달랬을 때 줬으면 보여줬을 거 아니야."

"아이구 염병……그런데 그게 재미있는 일이야?"

"뭐라고?"

"아까 재미있는 일이랬잖아?"

"재미있는 일이지."

"재미있기는 뭐가 재미있어. 문건이 사라졌는데."

"응, 그건 사라졌지. 하지만 혹시나 해서 복사해논 것이 있거든. 읽어봤더니 재밌더라고."

다시 제 가슴으로 전율이 흘렀습니다. 세상일이 주는 맛은 바로 이런 겁니다.

"그래? 지금 어디야?"

"왜? 민기자 한번 줄려고? 하지만 오늘은 사양한다. 내가 잘 보관해뒀으니까, 걱정하지 말고. 다음에 보자고……"

박형사는 전화를 끊었습니다. 내 쪽에서 다시 전화를 할까 하다 그만두었습니다. 다시 말하지만, 다그치면 물러서버리는 것이 그네들이었습니다. 전화를 끊고 나니 갑자기 무료해져버리더군요. 집에 들어오기 전에 중국집에 들러 자장면 한 그릇 먹었으니 저녁 식사도 이미 해결한 셈이었습니다. 주방으로 가서 커피 한 잔을 내려 가지고 컴퓨터 앞에 앉았지요. 우선 신문들부터 읽었습니다. 선거를 앞두고 있어선지 신문은 온통 그 얘기로 가득했습니다. 사회 면을 들여다보았으나 놓친 특종은 없었습니다.

신문을 읽고 난 뒤 토론방으로 가서 놈이 올린 글들을 읽었습니다. 새로 올린 글은 없더군요. 자신의 글을 반박한 글 아래에 달아놓은 리플을 몇 개 봤을 뿐입니다. 그리고 음악방으로 가 기웃거리는데 놈의 메시지가 날아왔습니다. 시답지 않은 농담을 섞어 인사말을 주고받은 뒤 놈이 갑자기 묻더군요. 제가 가지고 있는 것 중에서 무엇이 가장 소중하냐고요. 그게 무엇일까, 고민하다가 소중한 게 너무 많아서 대답하기 곤란하다고 말했습니다. 그러자 놈은 그 말에서 꼬투리를 잡아 너무 많다는 것은 없다는 것과 마찬가지라고 다그치더군요. 듣고 보니 맞는 말이었습니다. 이야기가 싱겁게 돌아가는 게 갑자기 두려워지더군요. 대화가 진부한 늪에

빠지게 되면 관계도 석연찮아지는 법이니까요. 그래서 골똘히 생각하던 중에 방구석에 놓여 있던 재봉틀이 눈에 들어왔습니다.

저는 그것을 바라보며 "재봉틀요" 하고 대답했습니다. 그러자 놈은 깜짝 놀랐다는 듯이 되묻더군요.

"가장 소중한 것이 재봉틀이라고요?"

"그래요."

"재밌군요. 재봉틀이라……"

그 순간에도 놈은 진지했습니다. 진지한 것이 가증스럽기까지 하더군요. 하지만 놈의 그런 허울이 제 눈에는 정체가 문밖으로 드러날까 봐 전전긍긍하는, 우물에 빠진 쥐새끼와 다름이 없었습니다. 놈에게 문제는 그 우물 속의 물이 아니고 휘발유며, 곧 그곳에 불이 댕겨질 것을 모른다는 데 있었습니다. 제게 표적이 되었다는 것은 바로 그런 의미입니다.

사실 재봉틀 애기는 전에 다른 놈팽이에게도 써먹었던 것이었습니다. 그 놈팽이는 혼자 자면 외롭지 않느냐고 물었습니다. 이를테면 혼자 사는 서른이 넘은 여자가 성욕을 어떻게 해결하는지 그게 궁금했던 모양입니다. 그래서 그때도 건성으로 구석에 놓여 있던 재봉틀을 바라보며 그것을 끌어안고 잔다고 말해줬지요. 그랬더니 놀랍게도 그 놈팽이는 그걸 믿더군요. 세상에 말랑말랑하고 부드러운 인형을 끌어안고 잔다면 모를까, 딱딱하고 게다가 차

갑기까지 한 재봉틀을 끌어안고 잔다는데 그걸 믿다니, 참으로 알수 없는 일이었습니다. 그런데 놈은 믿는 정도가 아니라 재봉틀과 성행위를 하는 데 동원할 수 있는 온갖 체위까지 떠올렸던 모양입니다. 정말 상상력이 풍부한 놈이었습니다. 단지 저는 재봉틀을 끌어안고 잔다는 얘기만 했을 뿐입니다. 그뿐이었습니다. 놀랍게도 그후 그 놈팡이의 상상력은 엉뚱한 방향으로 발전해갔고, 나중에는 재봉틀의 어느 부위가 제 성기 안으로 들어오는지 궁금해하기까지 했던 것입니다. 저는 그 질문에 대답하기 위해서 재봉틀을 침대 위에 올려놓고 제 성기 안으로 들어올 수 있는 부위가 어디인지 알아내기 위해 밤을 꼬박 새웠습니다. 하지만 저는 끝내 그 질문에 대답을 할 수 없었고 놈은 실망한 나머지 신경질을 부리며 나와 더 이상 말하고 싶지 않다고 하더군요. 그래서 저는 화가 난 나머지 당신 마누라 생일날 재봉틀을 선물해보는 게 어떠냐고 물었고, 그날 이후 놈팡이는 제게서 멀어져 가버렸습니다.

하긴 그 놈팡이와의 문제는 더러운 섹스였습니다. 놈팡이는 섹스하는 중에 제게 물었습니다. 오늘은 어떤 옷을 입었느냐, 팬티는 무슨 색깔이냐, 면 팬티냐 실크 팬티냐, 성기 모양은 어떠냐, 어떤 체위를 좋아하느냐…… 도대체 제가 섹스에 몰입할 수 없을 정도로 다양한 호기심을 드러내더군요. 제가 대답하면 놈팡이는 흥분했고, 흥분한 놈은 짐승처럼 신음 소리를 질러댔습니다. 이를테면 그것들은 놈팡이의 흥분을 구성해낼 요소들입니다. 그런 요소들에서 놈의 감수성은 전율을 일으키며 모티프를 발견할 것이고, 모티프를 얻게 되면 상상력을 통해 구체적인 여성 사이보그를 탄생시킬 것입니다. 바로 그 사이보그가 놈이 새롭게 구성해낸 명월이일 것이고, 그것은 어쩌면 저의 모습과는 전혀 다를지도 모르겠습니다. 아니, 당연히 다르겠지요. 하지만 그것은 제가 상관할 바가 아닙니다. 그런 자유야말로 이 가상의 세계에서 용인되는 가장 큰 미덕이니까요.

그런 질문들이 더러운 것이냐고요? 아닙니다. 그건 더러운 것이 아니죠. 섹스 중에 나누는 그런 질문과 대답은 짜릿하기 그지없는 유희입니다. 저는 그것 자체를 결코 더럽게 생각하지 않습니다. 놈팡이가 그런 이상한 것들을 질문하는 동안 저는 단지 하나만 확인하고 싶었던 것입니다. 저는 오랫동안 망설인 끝에 묻곤 했습니다. "날 사랑하니?" 하지만 놈팡이는 대답하지 않았지요. 저는 바보가 아닙니다. 놈이 사랑한다고 끈적한 비음을 실어 내 귓가에 속삭인대도 그것이 사실이 아니라는 점을 잘 압니다. 하지만 그 순간 그것은, 놈에게 내 팬티 색깔이 필요했던 것처럼 내게도 오르가슴을 위해 절실히 필요한 요소입니다. 놈에게 필요한 것은 팬티 색깔이나 성기의 모양이지만, 제게 필요한 것은 제 귀를 적시는 뜨거운 목소리였습니다. 제 감수성은 그 목소리에 전율을 일으키며 모티프를 발견합니다. 그래야 저도 그 모티프에서 단단한 남성 사이보그 하나를 상상해낼 수 있을 테니까요. "날 사랑한다고 딱 한 번만 말해봐." 그러나 놈팡이는 끝내 대답하지 않았습니다. 오로지 암컷의 성기 안에 사정을 하기 위해 개처럼 헐떡이고 있을 뿐이었습니다. 헐떡이는 놈의 숨소리를 들으며 제 몸은 오히려 차갑게 식어갔습니다. 하지만 놈팡이는 제 사정을 전혀 고려할 의지가 없어 보였습니다. 섹스를 하면서도 도대체 내 생각은 눈곱만큼도 하지 않았습니다. 제가 오르가슴을 느끼든 말든 제 놈만 절정에 오르면 그것으로 그만이었습니다. 제 몸에 달린 한 개의 스위치에만 집착하는 놈이었습니다. 제 몸에는 한 개뿐이지만, 여자의 몸에는 수십 개의 스위치와 볼륨이 달려 있다는 것도 모르는 얼치기 바람둥이였지요. 오로지 온 오프, 그 한 개의 스위치가 작동하기를 열망하며 발광을 하는 것입니다. 놈팡이의 스위치가 켜져서 꺼지기까지 제 몸의 스위치는 단 두 개도 켜지지 않았습니다. 어떻게 그런 놈팡이가 말솜씨는 그리도 현란했는지 알 수가 없었습니다. 게다가 사정을 하고 나면 세상만사가 다 귀찮은 것 같더군요. 놈팡이의 그것은 사랑의 행위가 아니라 배설일 뿐이었습니다. 배설이니 그놈의 성기에서 나온 것은 똥과 다름없는 것이지요. 똥이니 더럽지 않겠습니까? 그것은 정말이지 더러운 섹스였습니다. 이렇게 말하는 제가 우습다고요? 그럴지도 모르겠습니다.

동고란 놈에게도 재봉틀 얘기를 꺼내놓고 나니 일을 그르치게 되는 게 아닌가 걱정이 되더군요. 하지만 저는 침착하게 재봉틀에 관해서 얘기하기 시작했습니다. 한편으로는 재봉틀 얘기에 관한 시행착오를 더 이상 겪지 않을 자신감도 있었습니다. 실제로 그 재봉틀은 가족이 이민을 떠나면서 제게 남겨놓고 간 유일한 물건이었습니다. 하지만 그것은 거추장스럽기 짝이 없는 물건이었습니다. 이사를 할 때도 거치적거렸고, 이사를 해서도 마땅히 둘 만한 곳이 없어 골치가 아팠습니다. 외할머니가 사용하던 물건을 어머니가 물려받은 것인데, 어머니조차도 별로 사용하지 않았던 물건이었습니다. 이민을 떠나면서 그 무거운 쇠뭉치를 이삿짐에 넣기도, 그렇다고 버리기도 마땅치 않아 두고 갔을 겁니다.

그 놈팡이가 제 곁을 떠난 후, 어머니와 전화 통화를 하던 중에 재봉틀 얘기를 꺼냈습니다. 제게 남긴 거의 유일한 물건이었기 때문에 혹시 어떤 의미가 있는 게 아닌가 싶어서였지요. 어머니는 "할머니가 쓰시던 물건인데……" 하고 말을 흐리더군요. 그러더니 갑자기 외할아버지가 바람을 피웠던 얘기를 하는 것이었습니다. 외할아버지가 바람이 나 밖을 떠돌던 시절 외할머니의 외로움을 달래주었던 물건이었다는 거지요. 그런데 이상하게도 그 순간 그 말이 제 마음에 와 닿았습니다. 자식을 줄줄이 다섯씩이나 키

위낸 할머니가 외로웠다는 것이 처음에는 이해가 가지 않았습니다만, 누군가를 그리워했다면 그 그리움이 견인해내었을 외로움이라는 것이 제법 애절했을 것이라는 생각이 들었습니다. 외로움은 그리움의 형제이고, 그것의 크기는 서로 비례하는 것이니까요. 그것을 이해하고 나니 방구석에 처박혀 있던 재봉틀이 예사 물건으로 보이지가 않았습니다.

놈팡이가 떠나고 난 후에야 비로소 저는 재봉틀을 남성으로 인식하기 시작한 겁니다. 하지만 침대 위에 올려 끌어안고 자지는 않았습니다. 끌어안고 자지는 않았지만, 그럴 수 있다는 가능성만으로도 얼마든지 위안이 되었지요. 실제로 그것을 끌어안고 자는 것은 불편하기 짝이 없는 노릇이었습니다. 그것은 온통 쇳덩이고, 뾰족한 돌출 부위는 위험하기 짝이 없습니다. 대신 저는 침대 곁에 두고 자기 전에 그 차가운 등을 쓰다듬는 것으로 만족해야 했습니다. 그 차가운 등을 쓰다듬고 있는 동안 제 마음은 편안해져 갔습니다. 그것은 외로움을 달래기 위한 일종의 주술 같은 것이었습니다. 제가 놈에게 재봉틀이 불면증에 효험이 있었다고 말한 것은 그러므로 괜한 허풍이 아니었지요.

저는 공들여서 놈에게 재봉틀을 남성으로 인식시키는 데 성공했습니다. 그러자 일이 의외로 쉽게 풀려갔습니다. 놈도 그 놈팡이와 조금도 다르지 않더군요. 막상 재봉틀이 제게 남성으로서 외로움을 덜어주는 물건이라는 걸 인식시키고 나자 놈은 대번에 섹스를 떠올린 것입니다. 저는 단지 "제 뜨거운 피가 재봉틀 안으로 스며들어 제 품 안에서 완벽한 남자로 탄생하는 거예요"라고 말했을 뿐이었는데 말이죠. 놈은 그 놈팡이보다도 상상력이 더 풍부했습니다. 하지만 놈은 끝까지 재봉틀의 어느 부위가 제 성기 안으로 들어오는지에 대해서는 묻지 않더군요. 오히려 제 쪽에서 애가 달아 혹시 그게 궁금하지 않느냐고 물었지만, 놈은 묵묵부답이었습니다. 그리고는 어인 일인지 놈은 곧 식어버렸습니다. 잘하면 댄싱 울프의 본색을 드러내게 할 수도 있었는데, 제가 뭘 잘못한 건지 냉담해져버린 겁니다. 제가 좀 성급했는지도 모르겠습니다. 놈은 갑자기 대화창에서 나가버리더군요.

놈이 떠나버린 후, 저는 멍청하게 대화창을 바라보고 있을 수밖에 없었습니다. 조금 허탈했습니다. 밑도 끝도 없는 낭패감이 불쑥 밀고 올라왔습니다. 이 낭패감의 정체는 무엇일까, 헤아려보았지요. 놈이 지족선사였다면 이번엔 저는 실패한 명월이었던 것입니다. 결정적인 순간에 놈은 미꾸라지처럼 제 손아귀에서 빠져나가버린 것입니다. 동고의 이름을 달고는 늑대의 춤을 추지 않겠다는 놈의 의지는 완강했습니다.

하지만 조금 이상했습니다. 아무리 생각해도 놈이 그렇게 허겁지겁 나가버릴 이유가 없었던 것입니다. 제 느낌으로는 놈은 분명히 재봉틀 이야기에 관심이 있었습니다. 제가 "재봉틀이 진짜 수 컷이었던 거예요"라고 말했을 때, 놈은 뜨거운 반응을 보였거든 요. 어떻게 아느냐고요? 저는 압니다. 이럴 때 남자들이 보이는 아주 미세한 반응도 저는 놓치지 않습니다. 수컷들은 암컷에게서 암내를 느끼지요. 예민한 암컷들은 수컷에게 숫내를 맡습니다. 놈 이 아무리 감추려 해도 그것까지 감출 수는 없습니다. 놈은 분명 히 숫내를 풍기고 있었습니다. 저는 놈에게서 그 비릿한 욕정을 분명히 느끼고 있었습니다. 그리하여 저는 잘하면 놈이 동고의 허 울을 쓰고 있을 때 먹살을 틀어쥘 수 있겠구나 하고 기대에 들떠 있었던 것입니다. 그런데 어인 일인지 놈은 돌연히 식어버렸습니 다. 어인 일일까. 생각이 거기에 미치자 갑자기 놈이 식어버린 것 이 수상했습니다. 그 순간 짚이는 것이 있었습니다.

대화창을 지우고 메신저를 확인해보니, 동고는 로그아웃 상태 이더군요. 그래서 저는 서둘러 로그아웃을 하고 '다른 이름으로 접속하기'를 눌러 명월이가 되었습니다. 묘랑에서 명월이로 변신 하는 것은 채 10초도 안 걸리는 일입니다. 역시 놈은 동고라는 이 름을 버리고 댄싱 울프가 되어 명월이의 방에 있었습니다. 제가 접속하자 바로 놈의 메시지가 날아왔습니다. 저는 놈을 기꺼이 맞 았습니다.

동고라는 이름을 버린 놈은 완전히 다른 사람이 되었습니다. 조금 전의 놈이 바로 이놈인가, 알 수 없을 정도로 앞뒤를 가리지 못하더군요. 제 품에 안겨든 놈은 뜨겁게 달아올라 있었습니다.

제가 명월이임을 확인하고 나자 놈이 말했습니다.

"옷 벗고, 다리 벌려."

어투에서 터무니없는 강단이 느껴지는데, 무슨 구령처럼 들리더군요. 하지만 저는 가만히 있었습니다. 그러자 놈이 다시 물었습니다.

"옷 벗고 다리 벌렸니?"

놈의 목소리에는 강단이 물러간 대신 한껏 물기에 젖어 있었습니다. 물론 저는 옷도 벗지 않고 다리도 벌리지 않은 채였지만 저는 "응, 옷 벗고 다리 벌렸어"라고 부드럽게 말했습니다. 놈은 허겁지겁 일을 벌이더군요. 급하게 가빠지는 놈의 호흡을 느낄 수가 있었습니다. 제가 실제로 다리를 벌렸는지 벌리지 않았는지 그런 것은 중요하지 않습니다. 제가 다리를 벌렸다고 말하는 것만으로도 놈에게는 충분합니다. 제가 다리를 벌렸다고 말하는 순간 놈에게는 섹스를 할 수 있는 조건이 구비되는 겁니다. 저는 간간이 놈이 농염한 환상 속으로 젖어들 수 있도록 신음 소리를 들려주었습니다.

놈이 일을 치르는 동안 가끔 신음 소리를 내는 일 말고는 따로 할 일이 없었던 저는 멍청하게 천장을 올려다보고 있었습니다. 놈이 사정하기를 기다린 것이 아니라 때를 기다린 겁니다. 그러니 멍청하게 천장만 올려다본 것은 아니지요.

저는 제 손아귀에 들어온 이 짐승을 어떻게 요리할까 궁리를 했습니다. 어쨌든 저는 놈이 동고의 이름을 달고 있을 때 놈을 욕정의 늪 속으로 끌고 들어가야 했으니까요. 궁리 끝에 중요한 것은 시점이라는 걸 알았습니다. 놈을 불러내는 시점, 어느 시점에서 불러내는 것이 놈을 무너뜨리는 데에 가장 효과적인가, 하는 것이었습니다. 놈은 재봉틀 얘기로 몸이 달아올랐었습니다. 몸이 달아오르자 동고의 허울을 벗고 달아나 댄싱 울프로 변신해서 명월이를 불러 일을 치렀던 것입니다. 실패했지만 한 가지 알 수 있었던 사실은 놈은 몸이 달아오르면, 달아오른 그 몸을 기어코 풀어야 한다는 것이었습니다. 문제는 그 '기어코'지요. 그 기어코의 시점에 놈을 혼란에 빠뜨린다면 일은 쉬울 것입니다. 수단과 방법을 가리지 않을 그 시점에 놈의 파멸이 기다리고 있을 것입니다.

다음날 퇴근 무렵 저는 박형사와 만났습니다. 박형사는 입수한 정보 문건의 내용을 설명해주었습니다. 들어보니 재미있더군요. 청와대의 실력자 아들이 전투기 구매 입찰에 응한 유력한 군수업체에 최근 취업한 사실을 탐지했다는 내용이었습니다. 구매 입찰의 모든 조건이 박빙인 마당에 경쟁에 나선 업체에 청와대의 실력자 아들이 취업했다면 그건 냄새나는 일이지요. 하지만 저는 박형사에게 퉁바리를 놓았습니다.

"이거, 이미 다 아는 사실이잖아?"

"뭐가?"

"지금 며칠째 야당 의원이 뉴스 카메라 앞에 흔들어대면서 폭로한 내용 아니냐구?"

그랬습니다. 새삼스러울 것이 없는 내용이었지요. 제가 그렇게 말했더니 박형사는 저를 빤히 바라보더군요.

"당신 기자 맞아?"

"무슨 말이야, 그게?"

"명색이 기자라면 단순 폭로와 증거를 들이댄 고발 정도는 구분해낼 줄 알아야 하는 거 아니야?"

물론 저도 그쯤은 압니다. 그 야당 의원은 카메라 앞에 그것을 흔들었을 뿐, 그 자료를 기자들에게 공개하지는 않았습니다. '여기 그 자료가 있다' 하고 그뿐이었지요. 그는 자료를 보여줌으로써 그것을 사실로 확인하는 과정은 아꼈습니다. 아껴두었다가 다시 쓰겠다는 것이었겠지요. 그저 엄포만 놓았다고 할 수 있습니다. 하지만 어찌 생각하면 흔들었던 그것은 폭로한 내용을 뒷받침할 자료가 아니었는지도 모릅니다. 들은 얘기가 있는데 그냥 말로만 하면 믿지 않을 테니, 카메라 저쪽에서 아무거나 흔들어 보인

겁니다. '그 자료가 여기 있다' 하고 말이죠. 안 봤으니 누구도 장
담할 수 없는 겁니다.

그러나 저는 그쪽에는 관심이 없었습니다. 자료가 사실이든 아
니든 야당 의원이 폭로한 순간 그것은 이미 김빠진 사건인 겁니
다. 제가 관심을 두고 있었던 것은, 그것이 사실이라면 도대체 어
떤 과정을 통해 국가기관의 정보 문건이 유출되어 야당 의원의 손
에 들어갔을까, 바로 그것이었습니다. 그것을 기사화한다면 그 부
분에 초점이 맞춰져야 할 것입니다. 권력자의 비리 따위는 이미
새삼스러운 일이 아니니까요. 의혹으로 보자면 그보다 더 징그러
운 사건들이 널려 있었고, 또한 그것은 사회부 기자의 몫도 아니
었습니다. 하지만 국가기관의 기밀문서가 유출되어 야당 의원에
게 넘겨진 일은 보기 드문 사건이었습니다. 저는 그 점이 매력적
이었지요. 따라서 저는 그것이 사회부 소관이든 아니든 그 문건을
손에 넣어야 했습니다.

"내놔."

"뭘?"

"안 가지고 나온 거야?"

그러자 박형사는 빙그레 웃더군요.

"가지고 나왔지."

그는 서류 봉투를 탁자 위에 올려놓았습니다. 제가 손을 내밀자

다시 그것을 제 앞으로 끌어가더군요.

"에이 씨……"

"얼씨구, 이제 욕도 하네?"

"뭐야, 지금. 장난하는 거야?"

"줄 건 주고 가져가야지. 세상에 공짜가 어딨어?"

"물건을 봐야 주지."

"주긴 주는데 조건이 있어."

"무슨 조건?"

"나랑 약속해."

"뭘?"

"이거 가지고 가면 분명히 기사 쓰는 거야, 알았지?"

"그게 조건이야?"

"그래, 이게 조건이야."

무슨 그런 조건이 있나 싶었습니다. 기자가 탐나는 정보를 얻었
다면 당연히 기사를 쓰는 거지, 그게 취재원이 억지를 부릴 조건
인가 싶었지요. 그런데도 박형사는 다시 한 번 짚더군요.

"터뜨릴 거지?"

이건 또 무슨 말이야? 도무지 감이 안 잡혔습니다. 터뜨리다
니? 조금 전 '기사 쓸 거지'라고 한 말과 '터뜨릴 거지'라고 한 말
사이에는 분명히 그 의도를 드러낸 중첩된 단서가 스며 있었던 거

지요. 그러니까 중요한 것은 박형사가 그것을 터뜨릴 거냐고 물었다는 사실입니다. 하지만 그날 저는 그의 얘기를 심각하게는 생각하지 않았습니다. 명색이 사회 정의를 구현하겠다는 경찰이고, 또한 소명감에 불타는 직업의식을 가졌다면 충분히 그런 말을 할 수 있었으니까요.

"알았어. 터뜨릴게. 아주 꽝 터뜨려서 가루도 안 남게 만들어버릴게. 이리 줘."

저는 박형사의 손에서 그것을 빼앗듯이 잡아당겨 제 품에 안았습니다. 그랬더니 박형사가 손을 털더군요. 실제로 그는 손을 털었습니다. 두 손을 탁자 위로 올리고 홀가분한 표정을 지으며 툭 툭 소리가 나게 손을 턴 겁니다. 마치 무슨 고된 일인가를 해치우고 난 뒤 하는 짓 같아 보였습니다.

하지만 집에 돌아와 문건을 살펴본 저의 입장은 조금 달랐습니다. 제 손에 들려 있는 건 문제의 정보 문건 사본에 불과했던 것입니다. 서류 윗면에 SB의 문장이 찍혀 있긴 했지만, 문서 번호도 없고 결재란도 비어 있었습니다. 그러니까 SB의 정보 문건이라는 사실을 알리고 있는 것은 오직 인쇄된 문장뿐이었던 겁니다. 직접 수사한 경찰의 손에서 건네진 것은 분명하지만, 마음이 바뀌어 그가 오리발을 내민다면 오보의 책임은 하소연할 데 없이 전적으로 제게 돌아올 것이 뻔했습니다. 게다가 '터뜨릴 거지' 하며 상기된 박형사의 상판도 이해할 수 없었습니다.

박형사에게 전화를 걸었습니다. 그도 술집에 앉아 전화를 받더 군요.

"왜? 나 지금은 좀 바쁜데. 이번 주말은 어때?"

저는 농담하고 있을 기분이 아니었습니다. 바로 용건으로 들어 갔습니다. 물론 지금 이대로의 정보 문건이라면 기사를 터뜨릴 수 없다는 것이 그 요지였지요. 그의 기분이 시무룩하게 잦아드는 것을 느낄 수 있었습니다.

"일단 추측 기사라도 써."

"추측 기사 쓰고 물먹으면 박형사가 책임질 거야?"

"책임지지."

"좋아, 그럼. 내일 만나서 각서라도 써줘."

그러자 박형사는 바로 넘어지더군요.

"각서는 무슨…… 알았어. 내가 다시 확인해볼게. 가시내가 까 다롭기는…… 그러니 서방 되겠다는 놈두 없지."

한동안 그렇게 시부렁대더니 전화를 끊었습니다. 전화를 끊고 저는 냉장고에서 맥주 캔 하나를 꺼내 가지고 거실로 왔습니다. 그러던 중에 내 귓가에 무슨 아쉬운 미련이 남아 있었는지, 채 스러지지 못한 박형사의 말 한마디가 맴돌고 있었습니다. '알았어.

내가 다시 확인해볼게.' 저는 웃었습니다. 그걸 무슨 수로 확인하겠다는 거지? 말단의 강력계 형사가 정보기관에서 흘러나온 비밀 문건의 진위를 어디에 어떻게 확인해보겠다는 것인지, 박형사는 여전히 실없는 작자였습니다. 어쨌든 문건을 손에 넣었으니 조금 더 두고 볼 작정이었습니다. 이유는 알 수 없었지만, 제 어깨와 목에 다소 과중하게 힘이 들어가 있었습니다. 나쁘지는 않더군요. 돌아가는 판세로 보아 터무니없는 힘은 아니었으니까요. 이런 여세를 몰아가면 오늘 밤 놈의 멱살을 쥘 수도 있겠다, 뭐 그런 것이었는지도 모르겠습니다.

저는 수화기를 내려놓자마자 컴퓨터를 켜고 놈을 찾기 시작했습니다. 놈은 제 입으로 그렇게 말한 '카바레'에 있었습니다. 놈이 카바레를 나서는 시간을 알고 있었습니다. 저는 두어 시간 놈이 노는 꼴을 지켜보다가 슬그머니 나와 길목을 지켰습니다. 놈이 나오더군요. 나왔다는 것을 어떻게 아느냐고요? 어렵지 않습니다. 댄싱 울프가 로그아웃하고 동고가 로그인하는 시점이 바로 놈이 카바레에서 나온 때인 것입니다. 역시 놈은 그곳에서 나오자마자 댄싱 울프라는 이름을 버리고 동고로 변신했습니다. 저는 때를 놓치지 않고 놈을 낚아챘지요. 그때가 놈을 유혹하기에 가장 좋은 시점이었습니다. 왜냐하면 카바레에서 만난 암컷들에 몸을 비벼대며 달구어졌던 흥분이 채 식기 전이었을 테니까요. 몸이 달아오른 놈은 기어코 몸을 풀어야 하고, 그러기 위해서는 적당한 상대를 찾아야 할 테니까요. 저는 다짜고짜 그 '기어코'의 시점에 놈을 가로막고 묘랑의 방으로 낚아챈 것입니다.

익명의 고양이

그날은 심사가 좀 불편한 날이었다. 감찰 팀의 감사관이 전화를 걸어와 되돌아온 가방 얘기를 다시 꺼냈던 것이다. 그는 내게, 지난번에 가방에서 없어진 것이 없다고 했지요, 라고 물었다. 나는 "그렇소"라고 힘을 실어 말했다. 그 말이 되도록 고압적으로 들리기를 바랐다. 하지만 "그렇소" 하는 말이 공허하게 울리면서 그 말에 실려 되돌아온 느낌은 고압적이 아니라 건방진 것이었다. 내가 그에게 건방지게 굴어도 괜찮을까, 잠시 생각했다. 사실 나는 감찰 팀 감사관의 지위가 어느 정도인지 알지 못했다. 그가 정보 분석관보다 직급이 위인지 알 수 없었다.

"죄송합니다만," 그는 아주 부드럽게 말했다. "다시 한 번 가방을 확인해주시겠습니까?"

"뭘 확인하라는 거죠?"

"없어진 것이 있는지 다시 한 번만 확인해주시지요."

나는 잠시 멍하니 앉아 있다가 수화기를 내려놓고 바로 옆 탁자 위에 놓여 있던 가방을 들어올렸다. 가방을 열어본들 달라질 게 없다는 것을 나는 누구보다 잘 알고 있었다. 나는 들어올렸던 가방을 소리 나게 탁자 위에 내려놓고 지퍼를 거칠게 열었다가 닫은 후 수화기를 집어들었다. 그리고 배꼽 아래에 뜨거운 기운이 몰려들기를 기다렸다가 "없어진 거 없습니다"라고 말했다.

"확인하셨습니까?"

"확인했소."

그러자 그가 넉살 좋게 웃었다.

"그럼 그렇지. 저는 정보관님을 믿습니다."

"고맙소."

"믿어도 되지요?"

"믿어도 되오."

"사례의 뜻으로 정보 하나를 드립니다. 우면동 전직 정보관 실종 사건을 수사하고 있는 경찰이 그 집에서 SB의 정보 문건 하나를 발견했지요. 물론 원본은 저희 감찰 팀이 회수했습니다만, 경찰에서 수사에 참고하기 위해 사본 한 장을 복사해 가지고 있었는데, 그게 그만 한 신문기자에게 유출된 것 같습니다. 여기자라는데, 아주 당돌합니다."

94

"여기자라고요?"

"그렇습니다. 수사 경찰의 캐비닛을 열고 가져갔다는군요."

가슴을 짓눌러오는 것이 있었다. 아니다. 무엇인가가 아예 내 목을 감아 죄고 있었다.

"조만간에 신문에 기사가 실리겠지요. 청와대의 실력자 아들과 관련된 일이니 명색이 기자라면 그걸 놓칠 리가 없지요. 그러면 일이 커질지도 모릅니다. 하지만 정보관님은 전혀 상관할 일이 아닙니다. 정보관님 가방에서 없어진 것은 아니니까요. 그렇지요?"

"그렇소."

"그렇지만 한 가지 걱정되는 것이 있습니다. 청와대의 실력자 아들이 미국의 군수업체에 취업한 사실은 이미 야당 의원의 폭로로 더 이상 새삼스러운 일이 아닙니다. 그런데 그것을 증거하는 자료가 하필 SB의 정보 문건이라는 점이지요. 아마 신문에서 이 문제를 다룬다면 그것이 초점이 되겠지요. 바로 이것이 문젭니다. 그것은 바로 정보관님의 문제지요."

그가 거기서 말을 끊었고 잠시 침묵이 흘렀다. 잠시의 침묵 속에서 내 감정은 난도질이 되고 있었다. 작자는 마치 그러기를 기다리는 것 같았다. 내가 그것을 충분히 느끼고 낭패감에 빠져 있을 무렵 작자가 다시 입을 열었다.

"그날, 그러니까 그 가방을 잃어버리신 날 술을 드셨다고 했는데……"

"잃어버린 게 아니라 맡겼다고 했지요."

"아, 그렇지. 내 정신이…… 가방을 맡기셨다고 했지요?"

"그렇소."

"어쨌든" 하고 그는 말의 매듭을 지었다. "정보관님과 함께 술을 마셨던 전직 정보관의 집에서 정보관님이 작성한 정보 문건이 발견되었고, 야당 의원이 그것을 정보위원회에서 흔들어댔습니다. 그리고 돌연히 그 전직 정보관은 실종되어버렸습니다. 지금 수사 중이긴 합니다만, 실종 사건인지, 일을 그리 꾸미고 도망가버렸는지 알 수 없지요. 집 안이 엉망으로 부서지고 깨져 있어서 일단 실종 사건으로 보고 있습니다만, 알 수 없지요. 실종된 것처럼 꾸미고는 사라져버렸을 가능성도 있으니까요. 어쨌든,"

나는 담배를 꺼내 물었다. 그리고는 불도 붙이지 않은 담배의 필터를 잘근잘근 씹어대기 시작했다.

"일이 복잡합니다. 우리로서는 그 문건이 내부에서 유출된 것이 분명하다고 보고 있습니다. 그러니 가장 먼저 정보관님을 조사하는 것은 당연하지요. 이해하시죠?"

"이해하오."

"그 정보 문건은 국장에게 보고하셨고요?" "그렇소."

"공식 문건이었겠지요?" "그렇소."

"공식 문건이었다면 당연히 문서 보관실에 보관되어 있어야 옳습니다. 그런데 문서 보관실에는 그 정보 문건이 없습니다. 물론 문서 보관실 문서 목록에도 없고요."

"그럴 리가요."

"제 말이 맞습니다. 문서 목록에서 그 정보 문건을 찾을 수가 없었습니다. 만약 정보관님이 그 정보 문건을 국장에게 보고했다면 국장의 손에서 분실된 거겠지요. 저희는 정보관님을 믿습니다. 그리고 재미있는 것은 국장과 그 전직 정보관이 고등학교 동기라는 점입니다. 정보관님은 지난번에 제게 그 작자와 가깝게 지내게 된 것이 국장의 권유 때문이라고 말씀하셨습니다. 이건 아주 중요한 문제지요."

"가만…… 제가 그렇게 말했나요?"

"글쎄요, 제 기억으로는 그렇습니다만…… 아닌가요?"

국장은 며칠 전부터 출근하시 않고 있었다. 아래층에서 늘리는 소문으로는 그가 앓아누웠다는 것이다.

그가 다시 채근해 물었다.

"국장의 권유였겠지요? 하지만 대답하지 않아도 괜찮습니다. 정보관님 입장에서는 말씀하기 곤란하실 테니까요."

국장의 심부름으로 그를 처음 만난 것은 사실이었다. 나는 대답하지 않았다. 그는 한동안 침묵하더니, "잘 알겠습니다" 하고는 전화를 끊었다. 이런 전화를 받으면 혈압이 오른다. 심장의 펌프질이 요란해지면서 온몸을 비집고 흐르는 핏줄이 탱탱하게 부풀어오르는 것 같았다. 뜨거운 열이 머리통 쪽으로 치솟아올랐다. 이럴 때 나는 공격적이 된다. 내 몸 안에 있던 사나운 짐승들이 으르렁대기 시작했다.

하지만 그것은 명백히 내 실수였다. 가방을 잃어버렸고, 그로 말미암아 그 정보 문건이 유출된 것이다. 그렇게 생각하는 것이 옳다. 그러나 가방을 잃어버렸다는 것 말고는 도무지 알 수가 없었다. 물론 짐작 가는 바가 없는 것은 아니었다. 정리해보자면, 내가 잃어버린 가방을 그 전직 정보관이 주웠고, 그 전직 정보관은 가방에서 정보 문건을 꺼내 지니고 있다가 문제의 그 야당 의원에게 넘겨주었을 것이다. 그러나 짐작할 수 있는 것도 그뿐이었다. 전직 정보관이 실종된 일이나 감사관이 국장을 들먹이는 이유는 전혀 알 수가 없었다. 그리고는 일이 어찌 비틀렸는지, 나는 고스란히 그 불구덩이로부터 빠져나와 있었던 것이다. 사건의 가장 핵심에 있었음에도 불구하고 거기에서 비켜나 있는 사실을 이해할 수가 없었다. 더더욱 이해할 수가 없는 것은 내 태도였다. 그런 엄청난 일을 저질러놓은 당사자로서 전혀 긴장감이 들지 않았다. 마치 강 건너 불구경하는 느낌이었다. 나는 구경꾼이었다. 도대체 무엇 때문에 이렇게 마음이 편안한지 알 수가 없었다. 나는 사실 그 어떤 말도 하지 않았는데, 그 작자는 나를 믿는 것이다. 아주 처음부터 믿을 작정을 하고 덤빈 사람 같았다. 그러면서 그는 슬그머니 국장을 끌고 들어간 것이다. 오늘 그의 전화 내용의 핵심은 끌고 들어갔던 국장을 그 불구덩이 위에 주저앉히자는 것이었다. 일이 그쯤 되었으면 이유를 물었어야 했던 것 아닐까? 하지만 나는 여전히 멍청한 상태였다.

　내가 그년을 만나 이성을 잃은 것은 아마 그 전화 때문이었을 것이다. 나는 그 전화 통화 이후로 하루 종일 멍청한 상태였다. 내 자신이 멍청해 있다는 사실을 반복해서 일깨우는 바람에 머리가 지끈거렸다. 세상일을 잊는 데 가장 좋은 방법은 가상의 세계에 몰입하는 것이다. 나는 스스로 구축해놓은 가상의 마을들을 순찰했다. 그리고 어두운 뒷골목을 어슬렁거리기 시작했다. 내 이름은 댄싱 울프였다.

　나는 그 어두운 뒷골목에서 댄싱 울프의 가면을 벗고 동고의 껍질을 쓰고 막 기어나왔었다. 고속도로에서 인터체인지를 빠져나올 때 그 입구에 서 있는 표지판의 '속도를 줄이시오'는 아주 적절한 경고이다. 고속도로의 속도감으로 인터체인지에 진입했다가는 인생 종치기 딱 알맞다. 마찬가지로 늑대의 춤을 추던 그 기분을 다 털어버리지 못하고 밝은 세상으로 나오면 아무리 '동고'의 껍질을 둘러썼다 해도 온전한 양(羊)이 되긴 어려운 것이다. 까딱 잘못하면 이때도 인생은 종을 친다. 하지만 나는 그 환락의 고속도로를 빠져나오면서 '속도를 줄이시오'라는 팻말을 읽지 못했고, 빠져나오자마자 매복한 게릴라처럼 인터체인지 근처에 몸을 숨기고 있던 그년을 만난 것이었다. 춤바람의 흥을 채 다스리기도 전에 그년의 달콤한 메시지를 받은 셈이었다.

내가 동고일 때의 인격과 댄싱 울프일 때의 인격은 현저하게 다르다. 그 본질까지는 몰라도 상대가 여자일 경우 태도가 분명히 다르다는 것이다. 그즈음 커뮤니티 안에서 동고라는 이름은 그 나름대로 지성의 힘을 발휘하고 있었다. 그런데도 불구하고 그녀와 함께하는 시간이 늘어나면서 그 경계에 묘한 혼란이 생기기 시작했다. 경계에 혼란이 생기면서 결국은 나 자신이 지금 동고인가, 댄싱 울프인가를 가리지 못하는 사고가 터진 것이다. 동고의 껍질을 쓰고 늑대의 춤을 추었다면 그건 대형 사고였다. 이건 훗날 내 친구 리자드에게 아주 격렬하게 비판을 받았던 일이기도 했다. '당신이 마약 환자라면 당신 집 화장실에서나 그 빌어먹을 팔뚝에 주삿바늘을 꽂으라.' 묘랑이 만나고 있는 나는 '동고'이지, 댄싱 울프가 아니었다. 그런데 나는 그 사실을 잊은 것이다.

사실 나는 리자드의 충고를 잊었을 뿐만이 아니라 그의 마지막 경고를 무시했다. 내가 최초로 묘랑과 접속했던 날 새벽에 그는 내게 '묘랑을 조심하라'는 메시지를 보냈던 것이다. '그 달콤함은 당신에게 족쇄가 될 것이며, 언젠가 당신을 불구덩이로 끌고 들어갈 것'이라고 마치 예언자 같은 메시지를 보냈었다.

하지만 그것은 내게서 선악과처럼 작용했다. 그 순간 강렬한 유혹이 내 발목을 잡은 것이다. 어쩌면 그는 그것을 미리 알고 있지 않았을까. 어쨌든 그리하여 그날 나는 그 메시지를 무시하고 처음으로 동고의 이름으로 묘랑과 섹스를 했다. 그년은 여의도의 아파트에, 나는 마포의 내 오피스텔의 문을 닫아걸고 그 일을 치렀다. 하지만 그것을 구체적으로 설명할 수는 없다. 남우세스러워서가 아니라 그것은 애초에 설명하기가 불가능한 것이기 때문이다. 욕정의 주머니에서 삐져나오는 그 탱글탱글 여문 말들을 어찌 네모난 이성의 그릇에 담아 이러쿵저러쿵할 수 있겠는가. 다만 그년의 정념의 갈피를 비집고 나온 그 말들이 마치 잘 갈린 칼 같아서 내 몸뚱어리를 저미는데, 그 순간 그냥 그대로 죽었으면 싶더라는 말로 대신하겠다. 그렇지만 그것이 끝나고도 마치 타작마당의 이삭들처럼 남은 것들이 있었다. 그때 그 분위기는 휙 비켜가버린 뜬구름 같아서 도저히 어찌할 수가 없다 해도, 그 이삭들이야말로 섹스의 달콤한 여운을 대신하는 것이었다. 이를테면 머리카락 색깔이라든지, 용모라든지, 신장과 몸무게라든지, 성기의 모양이라든지, 좋아하는 체위라든지, 삽입 후 오르가슴에 도달하는 시간이라든지, 흥을 돋우기 위해 주고받았던 섹스의 온갖 취향과 몸매와

용모가 고스란히 남아 하나의 이미지를 만들어내는 것이었다. 근한 달을 그렇게 지내고도 일면식이 없는 년의 생김새를 그려내는 데 거의 부족함이 없을 구체적인 정보였다. 내가 그랬다면 그년 역시 마찬가지였을 것이다. 그년 역시 내 모습을 그려내는 데 내가 그년을 그려낼 정보보다 덜 가졌을 리 만무한 것이다. 어쨌거나 그 짓 단 한 번에 서로 못 볼 꼴을 여럿 보여준 셈이었다. 같이 살 맞대고 사는 부부여도 그렇게 자세히는 모를 정보들이었다.

그리하여 나는 명월이 외에 또 하나의 여자와 관계를 시작한 것이다. 하지만 그것은 내가 원했던 바가 아니었다. 나도 모르는 사이에 슬며시 내 인생이 꼬여가기 시작했던 것이다. 명월이와 묘랑, 둘을 한꺼번에 관리하는 일은 만만치가 않았다. 그 관계가 시작되면서 내 친구 리자드는 더 이상 내게 메시지를 보내지 않았다.

이날 밤 나는 다시 감찰 팀의 감사관에게 전화를 받았다. 마치 전화기라는 물건으로 나를 고문하려는 사람 같았다. 정말이지 일진이 사나운 날이었다. 그가 말했다.

"밤늦게 죄송합니다. 아까 말씀드릴 게 있었는데 깜박했습니다. 중요하지 않다면 이 시간에 전화를 걸었을 리 없지요."

"말씀하시오."

"정보 문건을 가지고 간 신문기자의 신원을 확인했습니다."

하지만 나는 그 문제를 전혀 중요하게 생각하지 않았다.

"궁금하시죠?"

오직 침묵으로 대답할 생각이었다. 그러나 그는 내 대답을 기다리지 않았다.

"궁금하실 겁니다. 왜냐하면 그것이 기사가 되어 신문에 발표가 된다면 정보관님 신상에 좋을 리가 없을 테니까요."

"그럴까요?"

"이미 잘 아시겠지만, 기관에 출입하는 기자들은 오프 더 레코드 요청에 비교적 협조적입니다. 이쪽에서 그런 신세를 지면 돌아오는 큰 건을 기대할 수가 있다고 믿는 거지요. 이것은 작은 문제가 아닙니다. 정보관님 개인의 문제는 더더욱 아니지요. 우리 SB의 신뢰 문제니까요."

그는 잠시 뜸을 들였다가 다시 말했다.

"S일보의 경찰 출입 기잡니다. 아마 신문을 찾아 사회 면 사건기사를 살펴보시면 기자의 이름과 이메일 주소를 알 수 있을 겁니다. 행운을 빕니다. 그럼……"

나는 잠시 멍청하게 앉아 있다가 S일보 사이트를 찾아 들어가 사건 기사를 검색해보았다. 기자의 이름은 민지수였다. 나는 메모지를 찾아 그녀의 이름과 기사 말미에 씌어 있는 이메일 주소를 적어두었다. 하지만 나는 그녀에게 이메일 따위를 보내야 하는가 하고 생각했다. 과연 이것이 효과가 있을까, 알 수 없는 일이었기 때문이다. 알 수 없는 일이긴 했지만, 보낼 것인가 말 것인가 하는 판단은 일단 보낼 이메일 내용을 작성한 뒤에 해도 괜찮을 듯싶었다. 전화를 하거나 찾아가서 부탁하는 것보다 이메일로 먼저 협조를 구해서 저쪽의 사정을 헤아려보는 것도 괜찮은 방법일 것도 같았다. 그리고 만약 그녀가 이쪽의 신원을 확인하고자 한다면 이메일만큼 확실한 것은 없기 때문이었다. 나는 정성껏 편지를 썼다. 30분쯤 걸려 작성한 편지 형식은 공식 협조 공문 형태였다.

그리고는 망설였다. 이상했던 것이다. 만약 보도 유예 협조 요청을 해야 한다면 그것은 공보실에서 해야 할 일이었다. 정 다급하다면 그 자신이 하면 될 일이었다. 하지만 그는 밤중에 전화를 걸어 굳이 내게 그 일을 하게 했던 것이다. 그는 마치 나를 움직일 수 있는 리모컨을 쥐고 있는 것 같았다. 왜 그 생각을 이제야 하게 되었지? 나는 다시 바보가 된 느낌이었다. 엔터 키만 누르면 내 손에서 편지는 떠날 것이었다. 그런데 마지막 공정을 남겨둔 그 중요한 순간에 명월이의 메시지를 받았던 것이다. 메신저에서 기다리고 있다는 내용이었다. 이날따라 그녀는 몹시도 보챘다. "뭐 하는 거예요, 벌써 10분씩이나 기다리고 있잖아요." 그녀의 짜증이 넘쳐나고 있었다. 물론 그것은 감사관 이외에 그 누구에게도 결재를 받지 않은 개인적인 편지였다. 조금 성급했던 것은 아닐까, 그런 걱정이 들긴 했지만, 에라 모르겠다. 그것은 이미 엔터 키를 누르고 난 다음이었다. 이게 잘못된다면 모두가 명월이, 그 년의 짜증 때문이다.

오직 리얼리티, 노예

결국 저는 놈의 세계를 장악했습니다. 아니, 놈을 제 손아귀에 넣었다고 말하는 것이 옳겠군요. 저에게 놈은 자신이 구축한 세계로 존재를 증명하고 있었으니까요. 너무 쉽게 성공해서인지 기분은 밋밋했습니다. 앙탈을 부리며 가시를 드러내는 저항은 정복자의 승리를 더욱 빛나게 하지요. 그런데 놈은 너무 쉽게 무너져버렸습니다.

하지만 놈의 언어는 여전히 위력이 있었습니다. 놈이 워낙 달아올라 있어서 허겁지겁 엎어질 거라고 생각했었습니다만, 예상은 빗나갔습니다. 막상 에로 코드로 접속이 되자 놈은 아주 침착하게 실력을 발휘하더군요. 보송보송하던 피부 아래로 질척한 욕망이 흘러내렸습니다. 제 욕망을 자극한 것은 물론 깃털처럼 섬세한 놈의 언어입니다. 하지만 그것뿐만이 아니지요. 저는 진물처럼 흘러내리는 관음증으로 무장하고 있었으니까요. 저는 놈을 알고 놈은 저를 몰랐던 겁니다. 저는 묘랑으로 위장한 명월이었습니다. 묘랑의 탈을 쓰는 순간 저는 투명인간이 된 것입니다. 놈은 묘랑만을 볼 것이고, 그 안에 숨어 있는 명월이는 보지 못할 테니까요. 제가 명월이의 탈을 쓴다 해도 마찬가지입니다. 놈은 역시 명월이만 볼 것이고 그 안에 숨어 있는 묘랑은 보지 못할 것입니다. 하지만 저는 묘랑의 껍질을 둘러썼을 때는 명월이었고, 명월이의 껍질을 둘러썼을 때는 묘랑이었습니다. 그 껍질 안의 본질에 관해서 명확히 하는 일은 의미가 없습니다.

어쨌든 놈은 하루는 명월이, 하루는 묘랑에게 빠져 세월을 보냈습니다. 놈은 묘랑에게 물었던 것을 다음날 똑같이 명월이에게도 묻더군요. 다른 점이 있었다면 명월이에게는 더욱 노골적이고 더러운 질문도 서슴지 않았다는 것입니다. 명월이는 여전히 놈이 온갖 더러운 것을 퍼내는 쓰레기통과 다름없었습니다. 연정의 소통이 아닌 섹스를 매일 밤 지속했다면, 여자에게 그것은 폭행입니다. 놈은 마치 저의 소유권자나 되는 것처럼 굴기 시작하더군요. 한 손에는 명월이, 한 손에는 묘랑을 쥐고 말이죠. 섹스라는 것을 마치 소 엉덩이에 찍어 소유권자를 표시하는 화인(火印)처럼 여기는 치들이 더러 있지 않습니까. 하루쯤 자리를 비울 일이 있어

소재 확인이 안 되면 놈은 길길이 뛰면서 저를 찾았습니다. 그러면서 짜증을 부리기 시작하더군요. 사랑하는 사이였다면 감사할 일이지요. 하지만 그것은 배설하기 위해 요강을 찾는 일이었습니다. 저의 더러운 기분 따위는 끝내 생각하지 않았습니다.

저는 놈을 혼돈에 밀어넣을 계획을 세웠습니다. 하긴 그즈음 놈은 명월이와 묘랑 사이에서 이미 혼돈에 빠져 있었지요. 두 개의 메신저를 한꺼번에 띄워놓고 놈을 양쪽에서 호출하는 일이 잦아졌습니다. 명월이와 묘랑 사이에서 갈팡질팡하다가 놈은 곧잘 명월이가 물었던 것을 묘랑에게 대답하고, 묘랑에게 할 말을 명월이에게 해대곤 했습니다. 마치 실험실의 쥐처럼 허둥대는 거지요. 두 개의 메신저를 관리하느라 놈은 땀깨나 흘렸을 것입니다. 언젠가는 명월이를 품에 안고 절정에 오른 놈을 묘랑의 메신저로 불러내기도 했습니다. 정말 놀라운 것은 둘 다 놓치지 않겠다는 놈의 의지였습니다. 묘랑이 집요하게 메시지를 날리자, 그 절정의 고갯길을 버리고 명월이의 방에서 나가더군요. 나중에는 그러는 놈이 가엾기까지 했습니다. 그것은 집착이었습니다. 도대체 무엇 때문에 이리도 집착하는가? 놈은 한동안 재미있는 장난감이었습니다. 사실 그즈음 저는 놈과 하는 섹스에 흥미를 잃어가고 있었습니다. 대신 저는 놈이 흥분해서 절정에 이르는 과정을 즐기고 있었습니다. 놈이 흥분해서 헐떡이다가 사정에 이르는 과정을 구경하는 것이지요. 실제로 놈과 섹스를 하는 것보다 그편이 더 흥미로웠습니다. 그러면서 저는 놈을 노예처럼 다뤘습니다. 놈은 알몸으로 방바닥을 기기도 했고, 물구나무를 서기도 했으며, 개처럼 짖기도 했습니다. 그 순간 놈은 마조히스트, 저는 사디스트입니다. 물론 놈은 그 짓을 하면서도 자신이 왜 그런 짓까지 해야 하는지 알 수가 없었을 것입니다. 알 수 없어도 하게 되는 것이 바로 노예 근성이지요. 놈은 끝까지 착한 노예였습니다.

제가 재봉틀 얘기를 하는 동안 놈은 번지점프 얘기를 했습니다. 놈은 외로울 때 하늘을 나는 꿈을 꾼다고 말했습니다. 그것만이 자신의 외로움을 달래줄 유일한 상상이라더군요. 하긴 놈은 마지막 절정에 다다르면 꼭 이렇게 묻곤 했죠. "나, 날아도 되니?"

놈은 번지점프를 두고, 결국 그것은 믿음에 관한 것이라고 말했습니다. 사람들이 번지점프에서 즐기는 것은 결국 스릴인데, 그때 느끼는 전율에는 죽음이 전제되어 있다는 것이지요. 만약 거기에 죽음의 가능성이 깔려 있지 않다면 전율이 일어나지 않을 것입니다. 벼랑 아래로 추락하는 스피드를 즐기는 것이라고 해도 역시 그 스피드에 스며 있는 것은 추락사의 가능성이므로 결국 마찬가지인 것입니다. 그놈 말은 일리가 있어 보였습니다.

그런데 중요한 것은 발목을 묶은 안전장치에 대한 신뢰감이었습니다. 첫 시도에서 오줌을 싸는 건 그것을 완전히 믿지 못했기 때문이라는 거지요. 놈은 그 첫 시도에서 오줌을 싸지 않기 위한 준비를 하고 있었습니다. 자신의 꿈을 실현할 뉴질랜드의 그 번지 점프대의 사고 확률, 발목을 묶는 로프의 종류, 그것을 교체하는 기간을 준수하고 있는지, 만약에 줄이 끊겼을 때 끊기기 직전 로프가 자신의 몸을 당겨줄 그 절반의 탄력과 강물의 깊이, 심장마비 가능성을 고려한 강물의 온도 등을 면밀하게 조사해 가지고 있더군요. 그것으로 놈이 번지점프를 할 준비는 모두 끝납니다. 이제 뛰어내리는 공정만 남은 거지요. 그 모든 것은 결국 놈이 번지점프를 하고도 살아남을 가능성 100퍼센트를 향한 신뢰 구축의 의미가 있었습니다. 그리고는 그것을 잠시 잊는 겁니다. 그것을 잊어야 전율은 더욱 격렬해지니까요. 뛰어내리는 순간 놈은 그것을 잊고 마음껏 그 공포를 즐겼습니다. 그렇게 밤마다 뛰어내렸습니다. 점프대에 올라서서 양팔을 벌리고 심호흡을 하고 강물 쪽을 향해 이미 하나의 물체가 된 몸의 균형을 허무는 것입니다. 몸이 강물을 향해 완전히 기울었을 때 점프대에서 그의 발이 떨어집니다. 순간 놈의 몸을 내리훑는 공기의 저항은 그대로 전율로 치환됩니다.

  그래서 저는 놈에게 언젠가 뉴질랜드에 함께 가자고 했습니다. 함께 가서 제가 가족을 만나는 동안 놈에게 실제로 번지점프를 하라는 것이었지요. 하지만 놈은 시큰둥하더군요. 그래서 나와 함께 가고 싶지 않다면 서울에도 번지점프대가 있으니 그곳에 가서 해보는 것은 어떠냐고 물었습니다. 역시 놈은 시큰둥했습니다.

"그것은 꿈이야. 꿈만으로도 충분해."

놈은 이미 완벽한 번지점프를 매일 밤 하고 있었던 것입니다. 그러니 현실에서 번지점프를 하는 것은 아무 의미가 없지요. 그것은 꿈이 아니라 환상이지요. 놈은 환상 속에서만 그것을 즐겼습니다. 그것은 꿈이야, 놈은 점잖게 말하더군요. 그래서 놈이 제게 물었던 질문을 되돌려주었습니다.

"네게서 가장 소중한 건 뭐지?"

"리얼리티지."

놈은 간명하게 말했습니다. 마치 대답을 미리 준비해둔 것처럼요. 세상에 그보다 분명한 대답은 없었을 것입니다. 제가 다시 말했습니다.

"그럼 우리 그걸 실험해볼까?"

놈은 바로 제 말을 알아듣더군요. 잘 길들여진 애완견 같은 놈입니다. 저는 놈의 숨이 가빠지는 것을 느꼈습니다. 하지만 놈은 침착하게 그걸 누르고 제 몸을 간지럽게 할 말의 깃털을 가다듬기 시작했습니다. 지금 어떤 상태지, 라고 묻더군요. 저는 옷을 벗는 중이라고 말했습니다. "다 벗었으면 눈을 감아." 저는 이제 놈이

시키는 대로 하면 됩니다. 놈은 저에게 침대 위로 올라가서 다리를 벌리고 누울 것을 지시하겠지요. 하지만 저는 놈이 시키는 대로 하지 않은 지 이미 오래되었습니다.

"눈 감았니?"

"응, 감았어." 대답만 그렇게 하는 거지요. 저는 옷도 벗지 않은 상태였습니다. 의자 위에 다리를 꼬고 앉아 담배를 피워 물었습니다. 그러자 낮에 열어보았던 메일함의 편지가 떠올랐습니다.

SB의 정보 문건 유출과 관련한 협조 공문이었습니다. 내용은 길지 않았습니다. SB의 정보 문건이 유출되었고, 그 경위를 추적 중이니 당분간 기사 게재를 하지 않았으면 고맙겠다는 내용이었습니다. 물론 뚫린 구멍이 밝혀지면 가장 먼저 정보를 제공해주겠다는 단서가 붙어 있었지요.

SB의 공보실 직원이라면 이런 멍청한 짓을 했을 리가 없습니다. 관공서의 언론 담당 직원늘은 협조를 구할 일이 생기면 대체로 직접 만나기를 원합니다. 거절당하더라도 흔적을 남기지 않기 위한 것이지요. 그것도 대부분 데스크를 통해 협조 요청이 이루어집니다. 일선 기자에게 직접 이런 요청이 온 경우는 본 적도 들은 적도 없습니다. 그런데 정보 문건을 유출한 당사자로 여겨지는 정보관의 명의로 공문이 발송된 것입니다. 말이 공문이지, 선람 · 지시 · 접수 · 결재 · 처리부서 · 공람이 몽땅 비어 있었고, 발신 부서도 공보실이 아니었으며, 수신자 명의도 신문사 공식 라인이 아닌 일개 기자인 민지수였습니다. 한 번도 외부로 공문을 발송해본 경험이 없는 얼치기가 분명했습니다. 얼치기의 이름은 성호경이었지요. 그러니까 SB의 정보관 성호경이 경찰 출입 기자 민지수에게 공문을 보낸 어이없는 일이 벌어진 것입니다. 관례를 벗어났다는 점에서 관심을 끄는 편지였습니다. 그렇지 않아도 SB의 문장이 인쇄된 서류 용지만으로는 SB의 정보 문건으로 확신하기에는 어려운 상황이었습니다. 그런데 이메일을 이용해 정보 문건이 유출된 사실을 확인해주는 이런 멍청한 짓을 하다니요. 누군가 도와주고 있다는 느낌이 들 정도였습니다. 이보다 확실한 내용 증명은 없을 것입니다. 그리고 그는 어쩌면 정보 문건을 유출시킨 장본인일 것입니다. 정보기관의 위세를 턱없이 부풀려 믿은 얼치기인 것이 분명했습니다.

어쨌거나 저는 그저 편안하게 앉아서 그 작자의 멱살을 틀어쥔 것입니다. 슬그머니 화가 동했습니다. 그동안 경찰의 멱살을 쥐고 흔들어본 경험밖에 없던 저에게 정보기관이 제 스스로 걸어와 멱살을 잡혀준 꼴이었습니다. 멱살을 쥐었으니 그냥 넘어갈 수가 없었지요. 저는 성호경이라는 인물에게 관심을 가졌습니다. 왜냐하면 멱살을 쥐었다 하면 요리를 해야 하니까요. 제 멱살을 쥘 놈에게는 관심이 없습니다. 제가 멱살을 쥐게 될 놈에게는 관심을 갖지요. 우선 저는 협조를 거절하는 짧은 답장을 쓰고, 받은 협조 공문을 복사해 첨부 파일로 넣어 되돌려 보냈습니다. 한마디로 엿을 먹인 겁니다.

"뭐 하고 있어?"

제가 딴 짓을 하고 있는 동안에도 놈의 언어는 여전히 섬세했습니다. 그 깃털은 제 유두를 간질이고 배꼽을 간질였으며 사타구니를 자극하고 있더군요.

"지금 만지고 있는 거니?"

저는 숨결에 매듭을 지어내는 일에도 이미 익숙합니다.

"그래, 만지고 있어."

저는 거칠게 숨을 몰아쉬며 대답했습니다. 놈은 아라비아의 이야기꾼입니다. 새처럼 꿈속을 날아다니는 거지요. 놈은 저의 몸 깊은 곳에 불꽃을 피우기 위해 뜨거운 입김을 불어넣습니다.

"내 입술이 느껴지니?" 그리고는 공을 들여 묘사합니다. "내 입술이 뜨거워, 빛이 보이니?"

자신의 말이 현실에서 입술로, 부드러운 손길로 부활하기를 기원하며 주문을 외는 것입니다. 마치 놈은 제게 최면이라도 거는 것 같았습니다.

"아니, 아직. 조금 더해봐."

저는 조용히 말했습니다. 서서히 제 몸 깊은 곳에서 진물처럼 무엇인가가 흐르기 시작합니다. 그러면서 악마의 영혼이 태초의 기억 속에서 되살아납니다. 제가 다시 말합니다. "여긴 아직 카오스야" 하고요.

그러자 놈은 거칠게 저를 짓이기더군요. 마치 거친 동작으로 그 모든 것을 만회하겠다는 태세였습니다. 저는 놈의 거친 호흡 속에서 말발굽 소리를 듣습니다. 격렬하지요. 몽골의 한 사내가 말 등에 올라선 채로 채찍을 휘두르며 대륙의 공기를 가르며 달려오는 환상을 봅니다. 그러나 그 장엄한 환상은 언제나 꼴이 우습게 마무리됩니다. 무너진다는 표현이 맞습니다. 그러다가 놈이 무너집니다. 숨을 몰아쉬며 놈이 말하더군요.

"나 날아도 되니?"

그 목소리에는 이미 기운이 없었습니다. 그게 나는 게 아니라 사실은 무너지는 거라는 걸 안 걸까요? 뭔가 잘못되어가고 있는 것을 안 걸까요? 저는 담배를 길게 빨아들인 후, "응, 얼마든지"라고 말했습니다. 그것이 냉소적으로 들렸다고 해도 할 수 없는 일이었습니다. 저는 곧 놈이 점프대를 박차고 뛰어오르는 것을 느꼈습니다. 한 마리의 새처럼 그 동작은 언제나 유연합니다. 저는 그 순간을 놓치지 않고 말했습니다.

"병신, 놀고 있네."

그러자 놈이 허공에서 균형을 잃더군요.

"뭐라고?"

"니 언어는 진부해. 염병할. 진부해서 더 이상 아무것도 느낄 수가 없어."

놈은 자신의 뜨거운 성기를 움켜쥐고 찬물을 뒤집어쓴 거지요.

"뭐라고?"

추락하며 질러대는 놈의 목소리는 메아리처럼 공허했습니다. 그것은 마치 비명처럼 들렸습니다.

"너의 리얼리티는 죽었다구. 실감이 나지 않아. 난 지금 멀쩡하고! 너는 어쨌든 쌌겠지? 뜨거워지면 결국은 쌀 수밖에 없는 놈이니까."

"뭐라고?"

놈은 마치 할 수 있는 말이 '뭐라고?'뿐인 것 같았습니다. 그렇게 거듭해서 묻더니 멍청한 침묵이 흘렀습니다. 워낙 예상치 못했던 일이어서인지 마땅히 대응할 방법을 찾지 못하는 것 같았습니다. 놈은 그렇게 뒤통수를 맞았던 것입니다.

다음날 저는 오후 마감 시간에 맞춰 서초구 우면동 실종 사건 최종 기사를 작성해 부장의 책상 위에 올려놓았지요. 실종 사건 따위에는 처음부터 관심이 없었습니다. 실종된 그는 어쩌면 지금쯤 죽었을지도 모르지요. 아니면 쥐도 새도 모르게 무역선 컨테이 너에 실려 남미 어디쯤에 있는 한 항구에 하역되었을지도 모르겠습니다. 기사는 SB의 정보 유출에 초점을 맞췄습니다. 물론 그럴 수 있었던 것은 성호경이라는 작자 덕분입니다. 그가 이메일로 친절하게 SB의 정보 문건 유출을 확인해주지 않았다면 조금 더 망설였을지도 모르지요. 저는 그 작자가 보낸 이메일을 복사해 첨부해서 기사의 사실 여부를 따지고 들지도 모를 부장의 입을 사전에 봉쇄해버렸습니다. 그것이 어쩌면 효과를 보았는지도 모르겠습니다. 기사를 읽은 부장이 "헤이, 민기자" 하고는 저를 향해 헤벌쭉 웃더군요. 사실 그것도 이해할 수 없는 일이긴 했습니다. 기사가 만족스러워도 그렇게 웃어 보일 위인은 아니었거든요.

어쨌든 저는 박형사와 약속했던 대로 기사를 터뜨렸습니다.

재수 없는 섹스 그리고 혀

결정적인 것은 그년이 거듭해서 내 뒤통수를 쳤다는 점이었다. 한 번도 아니고 두 번이다. 그것이 바로 그년이 죽을 이유다. 그날 밤 나는 명월이에게서 수상한 점을 발견했던 것이다. 이것이 그년의 운명이다. 발기된 성기를, 이미 사정을 해서 정액으로 범벅이 된 성기를 붙잡고 얼굴은 벌겋게 상기된 채로 나는 그년에게 뒤통수를 맞았다. 뒤통수를 맞고 멍청하게 앉아 있는데, 갑자기 명월이라는 년이 내게 엉뚱한 질문을 해온 것이다.

수상하다는 건 말이 쉽지 그걸 발견해내는 일은 그리 쉬운 일이 아니다. 사이버 세계에서 만나는 사람들과 대화를 하면서 한 가지 알게 된 것이 있다면 떠올리는 화제나 접근해가는 과정이 형식 면에서 비슷하다는 것이다. 표현 양식도 비슷하고, 감정이 여울져가는 리듬 또한 비슷했다. 어쩌면 그것은 사이버상의 특성일지도 모른다. 사이버 세계에 맞게 규격화된 언어와 소통의 절차가 단순할 수밖에 없는 것도 그 이유일 것이다. 상대가 여자인 경우에는 섹스마저도 비슷한 공정을 거쳤다. 물론 말투가 조금 다르다거나 취향이 좀 다르긴 했지만 그것만으로 상대를 구분해내는 일은 쉽지 않았다. 그럼에도 불구하고 명월이의 수상한 점은 지나치게 도드라졌다.

묘랑과 재수 없는 섹스를 끝내고 나서 조금 지저분하게 젖어 있는데, 저쪽 방의 명월이가 엉뚱하기 짝이 없게도 SOFA가 마지막으로 개정될 당시 바뀐 것이 무엇이냐는 메시지를 날려왔다. 순간 나는 메신저의 아이디를 확인했다. 분명히 명월이었다. 그런데 왜 묘랑이 하는 짓을 할까. 명월이를 처음 만난 곳은 음악 채팅 방이었고, 우리는 한 번도 정치 문제를 화제로 삼은 적이 없었다. 한미 주둔군 협정 문제에 관한 질문은 명월이, 아니 묘랑의 결정적인 실수였다. 그 얘기는 명월이 입에서 나올 말이 아니었던 것이다.

드디어 이년이 실수를 하기 시작한 것이었다. 모니터에는 두 개의 메신저가 떠 있었다. 초저녁부터 명월이와 연결되어 있었던 메신저, 그리고 밤이 으슥해지면서 묘랑과 연결된 메신저. 두 개의 메신저를 띄워놓고 간간이 메시지를 주고받다가 먼저 뜨거워진 묘랑과 엉겼었다. 그런데 내가 묘랑과 섹스를 하는 동안 내내 침묵하고 있던 명월이란 년이 문득 "한미 주둔군 협정이 마지막으로 개정된 게 언제야? 그때 바뀐 게 뭐지?"라고 물어왔던 것이다. 그것은 주로 묘랑이 하던 짓이어서 순간 나는 모니터에 떠 있는 두 개의 메신저 중 어느 쪽과 섹스를 했는지 갑자기 혼란스러웠다. 어쨌든 그것은 명월이었다. 나는 접속해 있던 두 개의 메신저에서 명월이와 묘랑의 IP 주소를 확인했다. 순간 온몸의 피가 거꾸로 솟아오르는 느낌을 받았다. IP 주소가 같았다. IP 주소가 같다는 건 어떤 의미일까, 이런 젠장, 혼돈 속에서 멍청이가 되어버린 느낌이었다.

어디서부터 잘못되었을까. 피가 솟구쳤다가 썰물처럼 빠져나가면서 머릿속은 텅 비어갔다. 이년이 도대체 무슨 짓을 한 건가. 두 개의 메신저 IP 주소가 같다는 건 명월이가 묘랑이고, 묘랑이 명월이라는 얘기였다. 그러니까 나는 지금까지 같은 년과 마주 앉아 두 개의 메신저를 띄워놓은 채 대화를 나누고 있었던 것이다. 그러면서 혹시 묘랑에게 할 이야기를 명월이에게 한 게 아닌가, 명월이에게 할 얘기를 묘랑에게 한 게 아닌가, 하고 홀로 오두방정을 떨어가며 긴장과 초조를 견디고 있었던 것이다. 그러는 동안 그년은 나를 제 손바닥 위에 올려놓고 가지고 놀았다. 세상이 모조리 한편이 되어 나 하나를 속인 느낌, 알몸으로 광화문 네거리에 서 있는 꼴이었다. 도대체 어디서부터 일이 꼬였을까, 시간을 거슬러 올라가 새는 구멍을 헤집어보았지만, 마땅히 짚이는 구석이 없었다.

익명의 세계는 내 거룩한 성(城)이었다. 그런데 그년은 하찮은 방구석에 앉아 하찮은 미사일로 내 거룩한 성을 공격했던 것이다. 어쨌든 그년은 내 뒤통수를 쳤다. 그것도 두 번씩이나. 바로 이것이 그년이 죽어야 할 이유다.

치정의 일상

그것은 제가 의도한 실수였지요. 사실은 내가 묘랑이며 명월이다, 이렇게 밝히는 것은 재미가 없는 일이었습니다. 그냥 흘린 거죠. 명월이가 소파 개정 문제를 질문한 것은 바로 그런 메시지인 셈입니다. 마치 어둠 속의 손이 놈의 뒤통수를 슬쩍 스치듯이요. 처음에 놈은 파르르 경기를 일으키더군요. 그러더니 움직임을 멈췄습니다. 이게 뭐지? 그런 침묵이었습니다. 놈은 도대체 어떻게 된 일인지 한참 계산을 하는 것 같더군요. 금시초문인데요, 할 때의 표정이 떠올랐습니다.

굉장히 화를 내더군요. 막말이 오갔고, 끝내 저를 죽여버리겠다는 말까지 나왔습니다. 그처럼 화를 내는 놈은 처음이었습니다. 놈은 도대체 목적이 무엇이냐고 묻더군요. 저는 아무 목적도 없었고, 단지 궁금했을 뿐이라고 말했습니다. 도대체 너란 놈이 어떤 놈인지 알고 싶었다고 말이죠. 하지만 놈은 막무가내였습니다.

결국 저는 오랫동안 준비했던 일을 감행할 수밖에 없었습니다. 저는 놈을 좀더 철저히 능멸하고 싶었던 거지요. 온몸에 가하는 무자비한 린치만 가혹한 것이 아닙니다. 상대의 가장 아픈 곳을 살살 건드리며 서서히 죽어가는 모습을 즐기는 것, 그것이 바로 제 방식입니다. 놈이 무슨 잘못을 했기에 이런 짓을 하느냐고요? 놈은 내게 아무 잘못도 하지 않았습니다. 그저 재수가 없었던 거지요. 이런 취미를 가진 년을 인터넷 친구로 만났다는 것이 그 이유의 전부입니다. 놈의 운명이지요.

어쨌든 결정적인 것은 그 다음이었습니다.

소통의 모티프

그년은 끝내 지가 한 일이 무엇인지 알지 못했다. 그년은 뒤통수를 친 게 아니라, 내 배를 째고 소금을 짓이겨넣은 것이었다. 당장 달려가 요절을 내고 싶었지만, 나는 년에 관해 아무것도 모르고 있었다. 년에 관해 아무것도 모르고 있었다니, 처음에는 그 사실이 황당하기조차 했다. 내가 그년에 관해 모른다고? 그렇다면 그동안 수없는 시간을 죽이며 나누어 가졌던 것들은 뭐지? 내 자신이 갑자기 한심해져버렸다. 내 자신이 한심하다는 것을 느끼자 분노마저 사그라들어버렸다. 대책 없이 들고일어나는 분노는 위험하다는 것을 나는 잘 알고 있었던 것이다.

나는 이미 오래전에 이성을 잃고 있었다. 그년과 섹스를 시작하고 난 뒤의 관계는 전혀 이성적이지 못했다. 그년은 그 짓을 끝내고도 이라크에 전투병을 파견하는 것이 과연 옳은 일인가, 하는 점을 궁금해했지만 나는 그런 따위의 문제에 관심을 가질 이유가 없었다. 미국의 부시가 전역 미사일 방어 체제를 힘으로 밀어붙이고 나면 동북아시아 정세가 어떤 꼴로 비틀리게 될 것인가, 미국이 북한을 공격하게 되면 러시아와 중국은 어떤 태도를 취할 것인지에 관한 문제는 그 순간 그년의 문제였을지언정 내 문제는 아니었다. 그 문제들은 평소 동고의 전문 분야이긴 했지만, 섹스를 끝내고 난 마당에 화제로 올리고 싶은 것들은 아니었다. 그런데 내가 그 문제들에 관해서 시큰둥하게 반응하자 년은 실망했다고 말했다. 그래서 나는 그것도 나의 또 하나의 유희일 뿐이라고 말해버렸다. 도대체 내가 아무리 떠들어댄들 세상이 바뀔 것인가. 그년은 시무룩하게 말했다.

"우리 그럼 뭐 하죠?"

그래서 말꼬리를 돌려 시작한 것이 주변사에 관한 것들이었다. 회사에서 있었던 일, 동창회에 갔었던 일, 이웃집 사람, 심지어는 아파트 주차장 관리 직원 얘기 따위까지 주고받게 된 것이었다. 우리의 화제는 갈수록 다양했다. 주고받은 대화를 통해 그년에 관한 몇 가지를 알게 되었다. 광고회사 카피라이터이고 노처녀이며 여의도의 한 독신자 아파트에 혼자 살고 있다는 것, 고향은 경상도 어디였는데 어렸을 때 서울로 이사를 했고, 그년이 대학교에 다니는 동안 서울에 살던 부모는 그년과 재봉틀만 남겨놓고 남동생과 함께 뉴질랜드로 이민을 가버렸다는 것, 서울에 그년의 외삼촌이 살고 있었으나 1년에 한 번쯤 들러보는 정도이고, 오클랜드의 부모님과는 1주일에 한 번 통화를 하고 있다는 것 등은 이미 알고 있었다.

그외에도 그동안 새롭게 알게 된 것이 많았다. 그년의 아버지의 키가 내 키와 비슷하고 신발 크기 또한 비슷하다는 것, 그년의 아버지와 어머니가 처음 만난 곳이 남산의 케이블카였다는 것, 년의 주량은 양주 반 병쯤 되는데 시작하기 전에 맥주를 몇 잔 마셔야 양주 반 병의 주량을 제대로 소화해낼 수 있다는 것, 재즈를 6년째 듣고 있는데 마일즈 데이비스를 좋아한다는 것, 최근 들어 술을 너무 많이 마셔선지 아랫배가 나오고 있는 중이라는 것, 팀장의 성질이 더러워 하루에 한 번은 꼭 붙는다는 것, 페르시아 고양이를 한 마리 기르고 있었는데 얼마 전 집 앞 도로에서 자동차에 치여 죽었다는 것, 우유 배달부가 꼬박꼬박 배달을 하면서도 우윳값을 받으러 오지 않아 석 달째 밀려 있다는 것, 생리가 29일 주기이고 기간은 꼬박 1주일이라는 것, 신발 뒷굽은 양쪽 다 안쪽으로만 닳는다는 것······

내가 이만큼 알았으면 그년도 당연히 나에 관해 그만큼은 알았을 것이다. 정확히 기억할 수는 없지만, 왼쪽 새끼발가락 사이에 나 있는 무좀 얘기까지 털어놓았던 걸로 봐서 단단히 마음먹고 여며둔 직장 얘기 빼고는 거의 다 털어놓은 게 아닌가 싶다. 그년은 여전히 내가 경제학과를 졸업한 무역회사 직원인 줄로 안다. 사실 내가 경제학과를 다녔던 것은 사실이다. 하지만 졸업한 후 바로 전공을 바꿔 대학원에 진학했고, 그후로 한 번도 그 일에 종사한 적이 없다.

내가 유일하게 오프라인에서 접촉하고 있는 그룹이 경제학과

선후배 모임인 '모티프'였지만 이런저런 세상 돌아가는 얘기를 주워들을 기회를 갖는다는 의미가 있을 뿐이었다. 어쩌면 모티프에 관한 정보를 흘렸을지도 모르겠다. 무역회사 직원으로 가장한 신분의 리얼리티를 살려내는 데 필요한 정보라면 그것으로 충분했다.

그녀는 카피라이터라는 직업에 긍지를 가지고 있었다. —비겐크림은 보이지 않는 곳까지 생각합니다. —삶의 우선 순위를 아는 당신, 당신은 아메리칸 익스프레스입니다. 이를테면 그런 따위들이야, 하면서 우쭐해할 때는 그녀에게 미안하기조차 했다. 사실 나는 무역회사 직원이라고 거짓말하고는 그녀이 묻기 전에는 내 스스로 회사에 관해 얘기해본 일이 없었다.

하지만 그토록 자세히 서로에 관한 얘기를 주고받으면서도 정작 전화번호나 주소 심지어는 이름조차도 말하지 않았던 것이다. 오로지 그녀과 소통할 수 있는 길은 온라인상이었고, 그녀과 선을 댈 수 있는 것은 이메일 주소나 메신저의 아이디 따위가 전부였으며, 그녀의 이름은 끝내 묘랑, 내 이름은 동고였던 것이다. 내가 여의도에 있는 아파트를 다 뒤지지 않는 이상 그녀이 살고 있는 집을 찾을 수 없듯이 그녀 역시 마포 일대의 오피스텔을 다 뒤지지 않는 이상은 내 오피스텔을 찾을 수 없을 것이었다. 하긴 마음 먹고 한 달쯤 쉬면서 여의도를 뒤진다면 찾을 수도 있겠다. 하지만 미치지 않은 이상 그런 짓을 하겠는가. 세간에는 인터넷에서 맺은 인연을 바깥 세상까지 끌고 나오는 치들이 더러 있다. 전화선을 타고 속살거리는 그 감질난 관계를 청산하고 간첩 접선하듯이 만나 즐기는 부류들 말이다. 상계동 지하철역에서 접선한 유부녀를 불과 한 시간 만에 장흥 유원지의 한 모텔에서 먹을 수 있었다고 게시판에 올리는 종류의 인간들, 나는 이런 치들을 경멸한다. 경멸의 대상은 그들의 제어 불가능한 욕정이 아니라 그 익명성의 엄격한 규범을 초개처럼 버린 경박함이다. 그것은 내 친구 리자드에게 받은 첫 지침이기도 했다. 컴퓨터 모니터 안의 세상에서 벌어진 일은 거기에서 소멸되어야 한다. 그 어떤 절박한 이유가 생기더라도 그것을 어겨서는 안 되는 것이다. 그것이 바로 사이버 해방구의 국시다. 따라서 나는 묘랑과 바깥 세상에서 만나는 일은 꿈도 꾸지 않았다. 전화번호나 주소 · 이름 따위를 궁금해하지도 않았다. 오히려 대화가 우리도 모르는 사이 그 근처에 이르러 어정거리고 있다 싶으면 누구랄 것도 없이 화제를 바꿔 다른 얘기를 했다. 전화번호나 이름 · 주소 같은 것은 묻지 말기로 합시다, 따위의 합의를 한 적도 없었다. 너랑 나랑은 이 사이버 세계에서 하느님 앞에 부부의 연을 맺었으니 이 매듭은 누구도 풀 수 없고 누군가와 결혼을 한다 해도 이 관계는 유효하다 따위의 혼인서약까지 서슴없이 지껄인 마당에 실효성으로 치면 천 배는 더할

위력을 가진 주소 · 성명 따위에는 입을 다문 것이다.

　그랬으니 내가 그년에 관해 아는 게 있다고 한들 무슨 소용이 있겠는가. 나는 사이버 해방구의 국시를 철저하게 수행한 덕에 그년에 관해 쓸모없는 정보만 가지게 된 것이었다. 내 가슴을 질척하게 적셔내리고 있었던 것은 낭패감이었다. 그년이 이렇게 뒤통수를 칠 줄 알았다면 미리 그년에 관해 정보를 수집해두었을 것이다.

　게다가 정보 유출 사건은 더욱 심각했다. 신문에 정보 유출 사건 기사가 터진 것이다. 내가 S신문에 보낸 이메일 공문은 아무 효과도 내지 못했다. 민지수 기자, 그년의 이름이 박힌 기명 기사였다. 사회 면에 박스 기사로 전직 정보관 실종 사건을 다루고 있었는데, 내용은 SB의 정보 유출에 초점이 맞춰져 있었던 것이다. 실종된 전직 정보관의 집에서 SB의 정보 문건 원본이 발견되었고, 그것은 며칠 전 야당 의원이 TV 카메라 앞에 흔들었던 것과 동일 내용의 문건이었다는 것이었다. S신문의 지방판에서 박스 기사로 다루어졌던 그것은 TV의 7시 뉴스로 이어지고, 중앙 일간지의 수도권과 서울판에는 정치 면을 장식하고 있었다.

　그러나 사무실은 조용했다. 아무도 나를 찾지 않았다. 단지 변화가 있었다면, 국장이 자기 자리에 없다는 것뿐이었다. 자리에 멍청하게 앉아 있는데, 아래층 미스 황이 회람을 들고 올라왔다.

김동령, 免 해외정보국장. 이번 정보 유출 사건을 아래와 같이 요약함.

이번 사건은 전 해외정보국장 김동령이 민간인 공정일과 접촉하여 문건을 유출, 유출된 정보 문건이 국회의원 박창수에게 전달된 것으로 확인됨. 이 내용은 1급 대외비로 취급할 것(유출시 입을 찢어버림). 회람이 끝나는 즉시 이 문서는 파기할 것. 이상.

다 읽고 서류를 밀어놓자, 미스 황이 말했다.
"여기 사인해주세요. 읽었다는 확인이에요."
내가 떨리는 손으로 사인하는 동안 미스 황이 말했다.
"지겨워요, 회람. 아침부터 이서 들고 온 사무실을 다 드나들이야 하잖아요. 이메일로 하면 간단한데, 일일이 손에 들고 돌아다녀야 하다니, 이게 뭐람."
일은 그렇게 끝났다. 아니, 회람이 돌기 전에 이미 끝나 있었다. 태풍은 눈썹 하나 건드리지 않고 내 곁을 지나가버렸다.
미스 황이 나간 후, 감찰 팀의 감사관이 찾아왔다. 감색 양복의 말쑥한 차림이었다. 그는 문을 열고 들어서 곧장 내게로 걸어와 손을 내밀었다.

"수고했수다."

나는 얼결에 그의 손을 잡았다. 하지만 그가 나를 다시 찾아올
이유가 없었다.

"이제 다 잊어버려요. 그저 쥐새끼 한 마리 잡은 거예요."

그의 말대로 잊어버릴 일만 남은 것이다. 어쩌면 그것은 가벼운
해프닝으로 이미 시간을 쫓아 흘러가버렸는지도 모른다. 그런데
쥐새끼는 또 뭐지?

"김동령, 그 작자가 딥 스로트예요. 쥐새끼지요."

그의 음성은 다분히 적대감이 어려 있었다.

"야당 국회의원과 접촉해오면서 그동안 아무 흔적도 남기지 않
았어요. 분명히 정보가 새는데, 실체는 없는 거예요. 사실 오래전
부터 감찰 팀에서 그 작자를 통해 정보가 새는 걸 감지하고 있었
습니다. 그런데 꼬리는 잡지 못했지요. 야당의 박창수가 계속해서
카메라 앞에 문건을 흔들어대며 정보를 쏟아내는데, 정보 문건이
흘러나간 루트를 아무리 헤집어봐도 흔적이 없는 겁니다. 알고 보
니 김동령 그 작자가 주둥아리로만 정보를 유출하고 있었던 거예
요. 그러면 박창수는 카메라 앞에서 아무거나 흔들어대며 역시 주
둥아리로만 유출된 정보를 폭로해댔고요."

"아무거나?"

"SB의 문장이 찍힌 서류 한 장을 구해가지고 매번 그걸 흔드는 거지요. 그래서 기자들이 문서를 직접 확인해줄 수 있느냐고 물으면, 확인해줄 수 없다, 이러고는 입 닦는 거지요. 어쨌든 흔들면 이쪽은 피박을 쓰게 되어 있으니까요."

그가 다시 헤벌쭉 웃었다.

"그게 바로 숍니다. 정보기관 간부에게 얻은 정보이니 확실한 거고, 하지만 입만 가지고 하면 안 믿으니까 문건을 입수한 것처럼 흔들어대는 거지요."

감찰 팀의 감사관이 내게 상황 보고까지 할 이유는 없었다. 사건의 전말을 내게 일일이 고하는 이유가 뭘까.

"우리도 쇼를 할 수밖에 없었지요. 흔적을 남기지 않고 활동하는 쥐를 잡기 위해 덫을 놓은 겁니다. 김동령과 박창수, 그리고 전직 정보관인 공정일이 고등학교 동기동창이었다는 것은 우연이 아니었습니다. 하지만 그들을 잡는 데 사용한 덫은 아주 우연한 것이었어요. 신문이 적당한 때를 골라 터뜨려주었고요. 뉴스에서 정보 유출 문제를 다뤄주지 않았다면 이번에도 어쩌면 조용히 덮고 넘어갔을지도 모르지요. 타이밍이 절묘했어요. 그리고…… 정보관님의 가방, 잃어버린 그 가방 말입니다. 없어진 것이 없는 거지요?"

오금이 저려왔다. 이 작자는 내 목을 감아쥐는 방법을 알고 있었다.

"그래요. 대답하지 않아도 좋습니다. 어쨌든 그 가방 덕분에 우리는 쥐를 잡았습니다. 하지만…… 정보관님 가방에서 없어진 건 없어야 해요. 그걸 잊어서는 안 됩니다. 정보관님 가방에서 없어진 것은 없습니다. 없어야 해요. 그래야 우리 모두가 평화로울 수 있으니까요."

가방 속에 들어 있던 정보 문건은 분명히 사라졌다. 실종된 전직 정보관의 소행일까. 그럴 수도 있겠다. 그러나 어쩌면 그 가방을 내게 들고 온 이 작자의 소행일 수도 있었다. 만약 그것이 감찰팀의 소행이라면 그 쇼의 난이도가 제법 높았다는 얘기다. 그렇지만 누구의 소행인가, 그건 중요하지 않다. 어쨌든 그것이 국장의 고등학교 동기생인 전직 정보관의 집에서 나왔고, 그것만으로도 얼마든지 국장의 목을 매달 수 있었을 것이다. 정보 유출 죄를 법정에서 묻지 않고 그저 내쫓고 난 뒤 면직된 사실과 사건의 전말을 요약해 아침 회람으로 마무리한 일은 이쪽에서도 그리 당당할 처지가 아니라는 반증일 것이다.

그가 나간 후, 메일함을 열었다. 편지가 한 통 와 있었다. 이틀 전 협조 공문을 발송했던 사회부 기자 민지수의 편지였다.

"덕분에 기사를 쓸 수 있었습니다. 이제 엿이나 드시지요."

나는 엿을 먹었다. 그러나 나만 엿을 먹었을까. 아니다. 민지수라는 기자 년도 엿을 먹은 것이다. 세상이 살아 돌아가는 데 필요한 동력의 양식은 개연성이다. 진실은 잠들고, 개연성만이 눈 부릅뜨고 살아 있다. 그런데 민지수란 년은 그걸 아는지 모르겠다. 이번 일에 나처럼 그년도 톱니바퀴 이빨처럼 사용되고 폐기되었다. 알면 억울하겠지? 하지만 억울할 거 하나도 없다. 세상은 어쨌든 그렇게 돌아가게 되어 있으니까.

중독

저는 박형사와 약속했던 대로 기사를 터뜨린 후, 제법 홀가분한 기분이 되어 있었습니다. 오랜만의 특종이었습니다. 그리고 그날 저녁에는 긴한 약속이 있었습니다. 긴한 약속이라니, 사실 그건 제 스스로 한 약속이었습니다. 인사동의 한 술집에서 한 무더기의 인간들과 만나는데, 그들은 저를 기다리지 않습니다. 어디까지나 제 쪽에서 엉겨붙어 있는 거지, 그쪽에서는 저의 존재 따위에 크게 신경을 쓰는 상황이 아니었지요. 벌써 세번째였지만, 제 이름을 기억하고 있는 사람은 몇 사람 되지 않을 것입니다. 저 또한 그들을 보러 간 것은 아닙니다. 제가 보려는 인간은 아직 모습을 드러내지 않고 있습니다. 하지만 조만간 보게 될 것입니다.

동고와 일대일 대화를 상당히 오랫동안 해왔으면서도 놈의 신상에 관해서는 아는 것이 없습니다. 놈이 마포의 한 오피스텔에 살고 있다는 사실 외에는 그 어떤 정보도 없다고 해야 옳을 겁니다. 그외에 나누었던 정보들은 신상을 파악하는 데는 도움이 되지 못할 허접한 정보들뿐이었습니다. 놈의 오피스텔 화장실 환풍기가 돌아가지 않는다는 거나, 일요일엔 세탁기 뒤편에서 팬티와 양말을 무더기로 찾아낸다는 거나, 위층 젊은 놈이 너무 뛰는 바람에 새벽잠을 설치기 일쑤라는 거나, 세탁소에 보냈던 양복 한 벌이 분실된 사실은 놈이 어떤 놈인지는 알릴지언정 놈이 누구인지 아는 데는 전혀 쓸모가 없는 정보들이었지요. 놈과 관계를 맺어오면서 이토록 놈의 정체에 집착하는 것은 오랫동안 제 정신 영역을 잠식해온 관음증 때문일 것입니다. 불쑥 궁금했다가 때가 지나면 잊어버리는 정도라면 호기심이라고 해야 옳겠지요. 그런데 이건 발동이 걸렸다 하면 숫제 뽕 맞을 때가 가까워진 중독자처럼 온몸이 꼬여 견딜 수가 없는 겁니다.

놈에게 접근할 현실적인 정보가 없긴 했습니다만, 저는 신문기자입니다. 쓸모없는 정보들도 모아놓고 자세히 들여다보면 그것들끼리 상피를 붙듯이 꼼지락거리며 엉기면서 제법 쓸 만한 정보를 재구성해낸다는 것을 그동안의 경험을 통해 알고 있습니다. 그랬습니다. 놈과 나누었던 정보들이 거개가 쓸모없는 것들이었지만 한 가지는 예외가 있었습니다.

"모임 이름이 뭐라고?"

"모티프."

저는 놈과 대화를 나누던 중에 그 이름을 먼저 기억해두었습니다. 놈이 오프라인에서 만나고 있는 모티프라는 그룹이었습니다. 고흐의 귀를 자른 것이 고갱인가, 그런 얘기를 하던 중이었을 것입니다. 그 언저리에서 '모티프' 얘기가 나왔을 것입니다. 하지만 처음에 그것은 주차 관리 직원이나 이웃집 여자 얘기 따위와 다르지 않았습니다. 그리고 저도 뉴질랜드로 이민을 간 가족에 관해 말했거든요. 놈이 제 이름은 몰라도 제 남동생인 정환이의 이름은 알고 있었듯이, 놈의 실제 이름은 알지 못했지만 놈이 유일하게 만나고 있는 그룹인 모티프는 알게 되었던 것입니다. 자신에 관련한 온갖 것을 다 말하더라도 그것에 줄을 대고 있는 자신에 대한 정보가 없다면 저 루비콘 강은 건널 수가 없을 것이라고 생각했을 것입니다. 그것들의 실체는 믿을 수밖에 없지만 정작 그 정체를 확인하기에는 불가능한, 그런 것이었습니다. 어쩌면 놈이나 저나 그런 믿음이 있었을 거예요.

모티프라는 이름을 기억해두고 난 뒤, 그 그룹이 1주일에 한 번씩 인사동의 한 술집에서 정기적인 모임을 갖는다는 것도 알았습니다. 모티프라는 이름을 꼬불쳐 둔 지 며칠이 지난 후여서 그랬는지 놈은 아무 경계심 없이 술집 이름을 말했고, 토요일 저녁이라는 시간마저도 흘려놓더군요.

그리고 그날 밤 우리는 사이버 부부의 인연을 맺었습니다. 바깥세상에서는 신중할 일도 사이버 세계에서는 쉽게 벌입니다. 정확히 말하자면 묘랑과 동고가 부부가 된 것입니다. 하지만 제가 먼저 원했던 일은 아닙니다. 놈이 먼저 그것을 원했고, 사실 저는 그것에 무게를 두지 않고 받아들였던 거지요. 부부가 됨으로써 우리의 시간이 더 황홀할 수 있다면 마다할 이유가 없었습니다. 유희에도 리얼리티가 필요했으니까요.

사이보그의 꿈

새벽 2시, 나는 종로의 뒷골목 입구에 서 있었다. 열여덟 살짜리 사내아이와 만나기로 되어 있었다. 세 시간 전에 인터넷에서 만난 아이였다. 하지만 나는 호모가 아니다. 일이 급하지 않았더라면 온라인의 사이보그를 오프라인으로 불러내는 치기는 부리지 않았을 것이다. 그것은 내 방식이 아니다. 거리의 불빛들이 모조리 내게만 쏟아지는 것 같았다. 오직 나를 비추기 위하여 동원된 조명처럼 여겨졌다. 하지만 나는 골목 안으로 숨을 수가 없었다. 사내아이가 나를 쉽게 찾을 수 있도록 골목 밖에 나와 서 있어야 했던 것이다. 약국에서 약을 살 수 있었다면 이런 접선은 필요하지 않았을 것이다.

그년에게 뒤통수를 맞고 난 뒤, 나는 냉장고를 뒤져 그곳에 잠들어 있던 술을 모조리 꺼내 마셨다. 포도주에 양주를 칵테일해서 마시고, 맥주에 소주를 부어 마셨다. 그리고는 알딸딸하게 취기가 오르자 거리로 나섰다. 내 인생을 방해한 그년을 죽이겠다고 마음먹은 것은 이미 돌이킬 수 없는 선택이었다. 사실 그런 마음을 먹기 전에는 내가 죽을 생각까지 했었다. 그년이 죽든, 내가 죽든 해야 했다. 그러나 그것은 자존심 문제 따위가 아니었다. 그년의 행위는 내 사회적 생존 근거를 위협하며 짓밟으려는 것이었다. 그년을 죽이면 내가 살겠고, 그게 실패하면 내가 죽는 길만이 있을 뿐인 외통수였다. 발밑에 밟힌 취기가 자꾸 꿈틀거려 휘청거렸다. 휘청거리며 거리의 불빛을 헤집고 찾아간 곳은 약국이었다. 늦은 밤이었지만, 그곳은 쓰린 속을 달래기 위해 약을 사려는 취객들로 붐비고 있었다.

나는 번호표를 뽑아들고 의자에 앉아 차례를 기다렸다. 약사에게 뭐라고 말하지? 나는 현실에서 이런 거래에 익숙하지 않다. 담배 가게에 가서 "디스 주세요" 하고 나면 거래가 성사되는 것과는 많이 다르다. 나는 너무 오랫동안 갇혀 있었고 덕분에 현실의 언어에 적응하지 못하고 있었다.

"약 주세요."

"약 이름을 말씀하시겠어요?"

"뭐라고요?" 그는 한숨을 푹 내쉬더니 지친 표정으로 물었다. "무슨 약을 드릴까요?"

젊은 약사는 내가 말하기를 기다리고 있었다. 내 얼굴은 벌겋게 달아올랐다.

"입술에 바르기만 해도 죽일 수 있는 약이 있나요?" 나는 간신히 말했다.

"누굴 죽일 건데요?"

그제야 비로소 무표정하던 약사의 얼굴에 미소가 떠올랐다.

"그냥 주시면 안 될까요?"

그는 빙긋이 웃으며 나를 바라보았다.

"저는 약사이고, 그러므로 손님에게 적당한 약을 처방할 의무가 있답니다" 하고 잠시 생각하더니 말했다. "사람에게 먹여 죽일 수 있는 약에는 종류가 아주 많답니다. 말하자면 등급이 있는 거지요. 오랫동안 고통스럽게 죽일 수 있는 것에서부터 단숨에 죽일 수 있는 것까지, 폐를 망가뜨려 숨을 못 쉬게 해서 죽일 수 있는 것에서부터 심장을 터뜨려 창백하게 죽일 수 있는 것까지, 종류가 아주 많지요. 많이 미워하세요? 많이 미워하신다면 고통스럽게 죽일 수 있는 약 쪽으로 권하고 싶군요. 이 약을 먹게 되면 피를 많이 토하게 된답니다. 방 안에서는 부적절한 약이지요. 치우기가 쉽지 않을 테니까요."

"심장 쪽이 좋겠군요. 단숨에 죽일 수 있는 걸로 주세요."

약사는 한참 동안 나를 바라보았다. 그리고는 다시 빙그레 미소를 지으며 말했다.

"아직 많이 증오하시는 건 아닌가 보군요. 그런데 죄송해서 어떡하죠? 마침 그 약이 떨어졌어요. 어젯밤에 바람난 부인 때문에 고민하던 한 남자가 몽땅 사갔거든요. 그 대신에 술 깨는 약 드릴게요."

나는 약사가 내민 약과 함께 친절하게도 뚜껑까지 열어 내민 드링크제를 마셨다. 그의 친절에 진저리가 났다. '어쨌든 친절해야 함'이라고 무장한 그의 상판을 한 대 후려갈겨버리고 싶었다. 그 세련된 거짓말쟁이가 내밀었던 드링크제가 식도를 타고 위장으로 흘러들어가는 것을 느끼며 나는 좌절했다. 내가 꿈꾸는 것은 현실에 없다. 내 인생은 어차피 픽션이다. 그러나 픽션은 언제나 현실에 비해 정직하며 익사이팅했다.

집으로 돌아온 나는 인터넷 자살 사이트를 뒤졌다. 그리고 거기에 글을 올린, 죽는 일에, 혹은 죽이는 일에 전문가로 보이는 16명에게 이메일을 보냈다. 그리고 다음날 한 사내아이에게서 답장이 왔고, 그날 밤 종로의 뒷골목에서 만나기로 했던 것이다. 역시 그것이 나로서는 가장 쉬운 방법이었다.

5분쯤 기다렸을 때 한 사내아이가 다가왔다. 아이의 얼굴은 시체처럼 창백했다. 그 창백한 얼굴에 박힌 두 개의 총기(聰氣)는 시퍼렇게 반짝였다. 내가 그 아이를 알아봤듯이 그 아이도 쉽게 나를 찾았다.

"오시리스?"

나는 아이의 아이디를 확인했다.

"오더 소더버그이세요?"

오더 소더버그는 내 새로운 이름이다. 북유럽 신화에 나오는 전사자의 신이다. 동고와 댄싱 울프라는 이름은 이미 버렸다.

"얼마지?"

"5천 원이요."

오시리스는 약을 내밀었고, 나는 돈을 내밀었다. 너무 값이 싸서 수상하다는 생각이 들었다.

"이거 정말 그 약 맞아?"

그것은 필요 없는 질문이었다. 오시리스는 싸늘하게 나를 올려다보았다. 그리고는 말했다. "싸게 드리는 거예요, 내가 구한 값 그대로. 하지만 조건이 있어요."

"무슨 조건?"

"이 약 아저씨가 먹을 거라고 했죠?"

"그래."

"그럼 먹기 전에 컴퓨터를 켜세요. 그리고 이거……" 아이는 쪽지 하나를 내밀었다. "제 엠에스엔 아이디걸랑요. 이리로 메시지 하나만 날려주세요. 그럼 제가 채팅 창 열게요."

"왜 그래야 하지?"

"약을 싸게 줬으니까요. 구하기 힘든 약이에요. 약 먹고 난 뒤 기분이 어떤지 알고 싶어서 그래요. 얼마쯤 후에 죽는지, 어디가 젤 아픈지, 구역질은 나는지 궁금해서 그래요. 나는 구역질 나는 게 젤 싫거든요. 뭘 토하면서 죽고 싶지는 않아요."

"글쎄."

나는 망설였다. 내가 먹을 게 아니라고 사실대로 말하고 싶지도 않았다.

"그렇게 해주셔야 해요. 안 그럴 줄 알았으면 나오지도 않았다 구요. 제가 뭘 믿고 나왔겠어요. 리자드 형이 소개하지 않으면 나오지도 않았을 거라구요."

"누구?"

나는 내 친구 리자드에게 그런 부탁을 한 적이 없었다.

"누구라고 했지?"

내가 다그치자 오시리스는 더욱 창백해진 얼굴로 나를 노려보았다. 오시리스는 이집트 신화에 나오는 죽은 자의 신이다. 그런데 어린 녀석이 너무 까졌다.

"말해봐, 누구?"

아이의 얼굴에 뚫린 두 개의 구멍에서는 여전히 푸른빛이 레이저 빔처럼 쏟아져나왔다. "에이씨, 재수 옴이네."

오시리스는 그렇게 일갈하고는 내 발 아래 침을 찍 갈기고 골목 안으로 사라져버렸다. 나는 그에게서 받은 아이디 쪽지를 지하철을 타기 전에 쓰레기통에 넣어 버렸다.

그년을 찾는 게 더 급했다. 물론 조금 어려울 것이다. 하지만 그동안 모은 정보들을 면밀히 검토하다 보면 단서는 나올 것이다. 그 다음 문제를 해결하는 데는 그 정도로도 충분하다, 라고 생각했었다. 허섭스레기 같은 정보들이었지만, 정보기관의 정보분석관으로 일해온 경력이 있지 않은가. 실낱같은 단서 하나만이라도 걸려들면, 그년은 세상 종칠 일만 남은 것이다, 라고 생각했던 것이다. 그러나 그년은 제 발로 걸어왔다. 그것은 정말이지 믿을 수 없는 일이었다.

1주일에 한 번 뭉치는 놀자패가 있었다. 나는 대학원에 진학하면서 국제정치학으로 전공을 바꿨다. 하지만 경제학과를 함께 다녔던 몇몇의 선후배와 친구는 가끔 만나고 있었다. 하지만 그들은 내가 정보기관에서 근무하는 것을 모른다. 그게 옳다. 아무리 가까운 사람이라도 그 친분은 내 직업의식의 도를 넘어서진 못한다. 그들에게도 역시 나는 무역회사 자재부장이다. 그들은 가끔 내게 "수출은 잘돼?"라고 묻는다. 물론 나는 항상 그 질문에 대답할 준비를 하고 있다.

어쨌든 그것이 사적으로 오프라인에서 만나고 있는 나의 유일한 친구 그룹이었다. 그들이 바로 1주일에 한 번씩 뭉치는 놀자패인 것이다. 대학 선후배로 은행이나 증권회사, 신문사의 경제부 기자를 업으로 삼고 있는 작자들이었다. 하지만 나는 자주 나가는 편은 아니었다. 이제 영 다른 세계에 있는 나에게는 화제도 싱거울 뿐만 아니라 늘 뒤끝이 좋지 않았던 것이다.

자정이 넘어 새벽이 되어도 술판은 끝나지 않았고, 그 마지막은 늘 술청의 무엇인가를 부수든지, 주먹질에 어느 놈 입술이 낭자하게 터지든지, 술청에서 별 탈 없이 잘 나와 이게 웬일인가 싶어 뜨악해 있는 중에 하다못해 어느 놈이 가로수에 오줌발을 세워 파출소에 끌려가는 일이라도 기어이 터지고야 마는 그런 패거리였던 것이다. 그게 진저리가 나서 한동안 안 나가다가도 한두어 달 거르고 나면 이상하게도 그 작자들이 궁금해서 견딜 수가 없었다. 위낙 하는 짓들이 별나고 성격들이 날이 서 있어서 그새 무슨 일이 터지지는 않았을까, 궁금해서 견딜 수가 없었다. 그날도 그래서 인사동엘 기어나갔었다. 그리고 그년을 만났던 것이다. 언젠가부터 모임에 객식구들이 끼어들고 있는 것은 알고 있었다. 하지만 매주 똑같은 인물들은 아니었고, 그저 오가다 들르는 손님처럼 끼어 하룻밤 함께 어울리는 축들이었다. 그 속내까지는 모르긴 해도 늘 얼굴 뻣뻣한 삭신들만 모여 있는 패에 새롭고 부드러운 표정들을 양념처럼 초대하고 있었던 모양이다. 패거리의 리더 격인 강선배가, 손님을 초대하니 체면들을 차리려 해서인지 몰라도 뒤끝이 전보다는 더럽지 않더라고 귀뜸을 한 적도 있었다. 그 희한한 년도 그 풋내 나는 양념 중 하나였던 것이다.

갈까 말까 망설인 탓에 좀 늦었다. 술청 안에서는 이미 질펀하게 몇 순배가 돌고 난 후였다. 그 시커먼 술청 안에 예닐곱 명 사이에 끼어 있는 그녀를 처음부터 알아차린 것은 아니었다. 들어서면서 집단적으로 호들갑 떨어대는 인사가 있었고, 강선배로부터 얼굴 보기 힘들다는 핀잔까지 듣고 난 뒤, 누군가가 따라준 첫 잔을 막 삼키고 난 후였다. 불쑥 앞자리에서 술잔이 건너왔다. 처음 보는 얼굴인데, 게다가 여자였다. 실내가 좀 어둡긴 했지만 그 어둠이 오히려 삼삼하게 느껴지기까지 하는 분위기 있는 얼굴이었다. 내가 술잔을 받아들자 그녀가 말했다.

"넥타이가 잘 어울려요."

"네에……"

나는 넥타이를 매고 있었다. 대체로 늘 넥타이를 매고 있었다. 휴일이 아니면 꼭 그것을 매는 편이었다. 출근해서 넥타이로 대접해야 할 사람을 만나는 것도 아닌데, 언젠가부터 습관처럼 넥타이를 매오고 있었던 것이다. 넥타이를 매지 않으면 마치 안전벨트를 하지 않은 것처럼 목이 허전했다. 목을 졸라매는 것이 심리적으로 안정이 된다. 넥타이를 매지 않을 때는 셔츠의 단추를 맨 위까지 꼭 채운다. 효과는 비슷하다.

"이 동네에는 주말 저녁에도 넥타이가 있네?"

어감을 무시하고 건성으로 들었던 것이 잘못이었다. 이 동네에는 주말에도 넥타이가 있네, 라는 말은 조금 전 넥타이가 잘 어울린다는 말과 함께 준비되었을 것이다. 넥타이가 잘 어울린다는 말과 그것에 '네에' 하고 대답한 사이에 술잔이 찼고, 이 동네에는 주말에도 넥타이가 있네, 라는 부분에서 나는 술잔을 입으로 가져가는 중이었다. 하지만 나는 그때까지 그년이 나를 힐난하고 있다고는 생각하지 못했다. 그런데 내가 술잔을 입술에 대고 한 모금 들이켜는 순간 기어이 결정타를 날린 것이다.

"왜요? 술이 써요?"

투명인간의 비늘

저는 놈을 몰라볼 뻔했습니다. 제가 그동안 상상했던 놈하고는 너무 달랐기 때문입니다. 놈은 깎아놓은 밤톨 같았습니다. 기름독에 방금 빠졌다 나온 헤어스타일에다가 어디 하나 구겨진 데 없이 날선 바지 하며, 결벽증 환자처럼 창백한 얼굴에 하얀 와이셔츠, 붉은색 체크 무늬 넥타이…… 도무지 흐트러진 모습을 상상하기 어렵더군요. 도대체 놈의 어디에 그런 이중성이 숨어 있었는지 알 수가 없었습니다. 하긴 그게 위장이라면 정말 완벽하지요. 게다가 놈에게는 놀랍게도 수줍음까지 있었습니다. 얘기를 하면서도 제 눈을 똑바로 보지 못하더군요. 하지만 제가 "왜요? 술이 써요?" 하고 물었을 때 놈의 눈에서 순간적으로 독기가 흘렀습니다. 만약 그것을 보지 않았다면 놈의 그런 모습은 영원히 수수께끼였을 것입니다. 그것이 놈의 진면목이었습니다. 독기 말입니다. 순간적으로 발작하듯 번뜩이는 독기 말이지요. 그것을 감추고 있는 수줍음 또한 놈의 진면목일 것입니다. 가증스럽다는 표현은 어울리지 않습니다. 가증스럽다는 건 그것을 그 자신이 알고 있으며 그래서 조정이 가능한 이중적인 인간에게나 하는 말입니다. 하지만 놈의 그것은 이중적이랄 수도 없었고, 더구나 놈에게는 그것을 조정할 능력조차 없어 보였습니다. 그것은 선천적으로 타고났거나, 오랫동안 반복된 어떤 영향력에 의해서 몸에 밴 것이라고밖에 볼 수 없었지요. 그렇지 않고서야 그 수줍음이 그렇게 자연스러울 수는 없었습니다. 그러므로 놈은 나쁜 놈은 아닙니다. 그래요. 나쁜 놈은 아닙니다. 나쁜 놈은 아니지만, 그것을 고쳐 바로잡을 수 없다는 점에서 정말이지 구제불능이지요.

하지만 사이버 공간에서 보인 놈의 이중성은 다릅니다. 왜냐하면 놈은 그 자신이 하고 있는 짓이 어떤 것인지 잘 알고 있었으니까요. 그리고 자신을 아주 용의주도하게 제어하며 조정할 수도 있었으니까요. 그것이 바로 현실에서 놈이 보인 이중적인 면과 다른 점입니다. 그러므로 사이버 세계의 놈은 가증스럽습니다. 나쁜 놈이지요. 그렇지만 현실과 사이버 세계에서 어떻게 그토록 다를 수 있는지, 그 점은 끝내 알 수가 없었습니다. 어쨌든 놈은 제 맞은편에 앉아 있습니다.

그리고 저는 투명인간입니다. 제가 바로 묘랑 혹은 명월이라는 이름 뒤에 숨어 있다는 전제 하에 그렇습니다. 지금 저는 온라인에서 오프라인으로 기어나와 묘랑의 눈으로 놈을 바라보고 있는 것입니다. 놈을 훔쳐보고 있습니다. 사이버 세계에서 볼 수 없었던 놈의 실체를 바라보고 있습니다. 창백한 얼굴에 공허하게 열린 놈의 눈은 다소 불안하게 흔들리고 있습니다. "이 동네에는 주말에도 넥타이가 있네"라고 말한 이래로, 놈은 계속해서 불쾌하다는 표정으로 눈을 내리깔고 있습니다. 눈을 얌전하게 내리깔고 술잔을 만지작거리고 있습니다. 옆에 앉은 강선배라는 사람은 놈의 술잔이 빌 때마다 술을 따라줍니다. 하지만 놈은 그다지 애주가가 아니었습니다.

"왜 안 마셔? 한잔해. 오랜만이네? 그동안 통 안 보여서 이제 못 보는 줄 알았지."

저는 술잔을 쥔 놈의 손을 봅니다. 푸른 실핏줄이 드러난 손 역시 얼굴처럼 창백합니다. 저 손으로 자신의 성기를 쥐고 흔들었을 테지요. 하지만 상상이 안 됩니다. 그 넘쳐나던 욕정과 창백한 손이 전혀 어울려 보이지 않았기 때문입니다. 어쨌든 저는 놈이 절정에 올랐을 때를 상상했습니다. 창백한 얼굴은 뒤로 젖혀지고 저 여린 입술에서는 신음 소리가 터져나왔을 것입니다. 거칠어진 숨결 사이로 매듭져 터져나오던 그 신음 소리를 떠올렸습니다. 바로 그 순간 저는 아무도 눈치 채지 못한 은밀한 오르가슴을 느꼈습니다.

저는 세번째 그 모임에 참석했습니다. 물론 두 번은 공쳤습니다. 놈이 나오지 않았기 때문입니다. 그래도 언젠가는 나올 것이라고 생각했지요. 저는 놈이 모임에 나올 때까지 줄기차게 참석할 생각이었습니다. 이름하여 '모티프'지요. 이미 익숙한 이름입니다. 놈의 대학 동기와 선후배들이 모여 새벽까지 술타령을 하는 모임이며, 대체로 술버릇들이 난삽하다는 것도 알고 있었습니다.

중요한 점은 제가 놈을 어떻게 알아볼 것인가 하는 문제였지요. 하지만 저는 놈에 관해 몇 가지를 기억하고 있었습니다. 키와 몸무게, 헤어스타일, 신발의 크기, 눈썹의 모양, 그런 것들이었지요. 대체로 맞고 한 가지는 달랐습니다. 몸무게는 현저히 다르더군요. 놈은 제게 적어도 10킬로그램은 부풀려 말한 것 같았습니다. 그것을 자신의 신체적 약점이라고 생각했던 걸까요? 그걸 알았을 땐 조금 어이가 없기도 했습니다. 어차피 만날 생각이 없었다면 몸무게 따위는 별 의미도 없었는데, 왜 그걸 사실대로 말하지 않았을까요. 하지만 이것은 우문입니다. 왜냐하면 놈은 내 상상 속에서 멋진 남자로 그려지길 원했을 테니까요.

몸무게 때문에 잠시 혼돈을 겪긴 했지만, 놈을 알아보는 데 그다지 어려움은 없었습니다. 결정적이었던 것은 눈썹 옆에 나 있는 흉터였지요. 그것은 흔한 흉터가 아니었습니다. 어렸을 적에 유리창에 부딪혀 생겼다는 그 깊은 상처는 꿰맨 흔적까지 고스란히 남아 있었거든요.

"반지 참 멋지네요?"

그리고 또 한 가지는 창백한 손에 끼고 있던 반지였습니다. 놈은 다시 수줍은 미소를 짓더니 자신의 손을 들여다봅니다. 백혈병에 걸려 죽은 애인과 나누어 끼었던 커플링이라고 했지요. 그저

링이 아니고, 링 중앙에 아주 작은 빨간 보석이 박힌 것이었습니다. 흔히 볼 수 있는 커플링은 아니었습니다.

"결혼반지예요?"

저는 시치미를 뚝 떼고 그렇게 물었습니다. 놈은 고개를 저었습니다. 결혼반지가 아니라는 것은 이미 알고 있었지요.

"어쨌든 커플링이네요."

저는 놈이 그 반지에 관해 무슨 말이든지 해주길 바랐습니다. 제가 놈에 관해 알고 있는 정보 가운데 가장 인상적인 것이 바로 그 반지에 얽힌 이야기였기 때문입니다. 그때까지만 해도 저는 놈에게 무엇인가를 기대하고 있었는지도 모르겠습니다.

"형이 끼던 건데, 커플링인지는 모르겠어요."

놈이 심드렁하게 말하더군요. 저는 갑자기 난감해져버렸습니다. 반지와 연결되어 있던 백혈병 여인이 덧없이 날아가버리는 순간이었습니다. 뒤통수를 맞은 듯 눈앞이 하얗게 바래더군요.

"형이 끼던 거라구요?"

되묻자 놈은 별것 아니라는 듯이 말했습니다.

"형이 결혼하고 난 뒤 굴러다니는 걸 끼기 시작했는데, 제 손에서 벌써 10년이네요."

"그거 사실이에요?"

저도 모르는 사이에 턱없이 목청이 높아졌습니다. 놈이 놀랐다

148

는 듯이 저를 바라보더군요. 그러더니 제법 진지한 표정으로 말했습니다.

"거짓말 아니에요."

놈의 그 진지한 표정이 혐오스럽기까지 했습니다. 뭐 이런 놈이 다 있나 싶더군요. 저는 맥이 쭉 빠졌습니다. 현실에서는 거짓말조차도 못 하는 놈 같았습니다.

이미지

그런데 이상했던 점은 그년이 낯설게 느껴지지가 않는다는 것이었다. 분명히 처음 보는 여자였다. 누군가와 닮아 보이지도 않았다. 그러므로 어디선가 본 듯한 그런 것도 아니었나. 밑도 끝도 없이 그저 익숙한 분위기였다. 그것이 생김새였을까, 그럴 수도 있고, 말투 때문이었을까, 그럴 수도 있고, 용모가 주는 분위기 때문이었을까, 잘 알 수 없는 그런 느낌이었다. 그것이 무엇이든 간에 익숙한 느낌이었다. 그리고 여자는 내게 호의적이지 않았다. 아니다. 그것도 수상했다. 처음 얼굴을 마주한 사이인데 무엇 때문에 불편한 감정을 드러낼 것인가. 년이 사람 사귀는 법에 아주 젬병이 아니라면 그건 이해할 수가 없는 일이었다. 어쨌든 나는 술이 쓰냐는 질문에 대답할 이유가 없었다. 없었기도 했고 때마침 강선배가 말을 걸어와서 자연스럽게 그와 얘기를 나누게 되었던 것이다. 하지만 강선배와 이런저런 말을 묻고 대답하는 사이에도 여전히 앞에 앉은 년에게 신경이 쓰였다.

여자는 손가락이 길었다. 저편에 앉은 누군가가 그년에게 술을 권하기 위해 팔을 빼앗았는데, 닿지 않자 년이 일어서는 것을 보았다. 손가락만큼 긴 것이 그년의 키였다. 손가락이 길고 키가 큰 여자가 내 무의식을 관통해서 천천히 가로질러 갔다. 역시 익숙한 이미지였다. 나는 직관이라는 것을 믿지 않는다. 물론 직관이 잡아내는 것이 다 틀리다는 얘기는 아니다. 하지만 그것을 지나치게 신뢰해 매달리는 치들은 상종하고 싶지가 않다. 대체로 그들은 억지를 쓰는 버릇을 가지고 있다. 그 억지는 정말 피곤하다. 나는 직관의 그 편협한 함정을 일찍이 경험했었다. 그래도 뭔가 석연찮았다. 여자가 화장실에 간 사이 강선배에게 물었다.

"저 여잔 뭐야?"

강선배는 뚱한 표정으로 대답했다.

"응, 기자래."

"경제 담당이야?"

"경제 담당은 아니고, 사회부래."

"사회부가 왜? 명함은 받았어요?"

"받았지, 내 것도 주고. 벌써 세번쨴데, 당연히 통성명은 해야 하는 것 아닌가?"

"세 번씩이나? 어디 봐요, 명함."

"없지, 지금은. 아마 집에 있을걸? 왜, 아는 사람이야?"

"그건 아니고, 그런데 언제부터 나온 거야? 제법 어울리는 것이 어제오늘 섞인 게 아닌 것 같던데……"

"글쎄, 한 서너 주쯤 됐나? 모르지. 그냥 어느 날부터 있었어."

"그런 말이 어디 있어요?"

"몰라서 물어? 인사동에서 만나 친구 된 이들 몰라서 그래? 어디 정식으로 소개받고 친구 된 사람 있던가? 그냥 이렇게 섞이다 명함 한 장씩 주고받고 나면 어느새 친구가 되어 있는 거지, 뭐."

강선배 얘기로 봐서는 누가 데려온 사람도 아닌 것 같았다.

111호 클론

화장실에서 돌아와 보니 놈은 긴장한 얼굴이었습니다. 자리에 앉으려는데 놈이 저를 빤히 바라보더군요. 저도 놈을 바라보았습니다. 그러더니 무슨 말인가를 하려다가 곧 고개를 돌려버리더군요. 그리고는 휑하니 일어서서 제가 방금 나온 화장실을 향해 휘적휘적 걸어갔습니다. 그 모양새가 마치 제가 일 보고 나온 화장실을 조사하러 들어가는 놈 같아 보였습니다. 비쩍 마른 게 거드름이라니, 그 모양도 가관이더군요. 놈이 화장실 문을 열고 들어가는 것을 확인한 저는 강선배라는 사람에게 물었습니다.

"뭐 하는 사람이에요?"

이미 알고 있었지만 강선배에게 저는 그것을 물었습니다.

"저 친구? 서로 얘기하는 것 같던데 명함 안 받았어?"

"아뇨, 아직."

"으응, 명함은 아직 안 줬구나. 명함은 무슨 회사 것을 들고 다니는데, 사실은 소설 써."

"소설을 써요?"

"소설 쓰는 친구라고, 저 친구. 명함은 그냥 가지고 다니는 거야. 별로 유명하지도 않고, 밥도 안 되는 소설 흉 될까 봐 명함 하나 그럴듯하게 파 가지고 다니는 거지. 아마 자재부장인가 그럴걸, 명함엔? 명함 받으면 그냥 모른 척해. 우리들도 그냥 모른 척하고 있으니까."

도대체 이건 무슨 뚱딴지야, 싶더군요. 그 얘기를 듣고 나니 놈이 과연 동고인지마저 헷갈렸습니다. 기자 생활 10년 가까이 하면서 별의별 인간을 다 만나봤지만, 이처럼 혼란스러운 경우는 없었거든요. 놈이 화장실에서 나오는 순간 강선배라는 사람이 말을 멈추더군요. 놈은 그 분위기가 수상했는지 연신 눈을 희번덕거리며 강선배와 저를 번갈아 봤습니다.

"뭐 해? 어서 앉지 않고…… 자, 한잔해."

강선배가 놈의 술잔을 채우며 "요즘 수출 잘돼?"라고 묻더군요. 놈이 눈을 내리깐 채로 대답했습니다. "뭐, 그럭저럭."

"옷 만들어서 수출한다고 그랬지? 그럼 공장도 따로 있겠네?"

저는 놈이 대답하는 동안 한 마디도 놓치지 않으려고 애를 썼습니다.

"있지, 공장. 반월에 있어요. 멀어서 자주 가보진 못하고……"

"공장이 커?"

"종업원이 2백 명이 넘으니까, 꽤 큰 편이지."

"야아, 큰 공장이네." 그렇게 말하며 강선배는 저를 향해 눈을 끔쩍하더군요. 하지만 저는 그 순간 그게 무슨 의미인지 알 수가 없었습니다.

"지난해 수출 물량이 천만이 넘었으니까, 이쪽 업종에서는 꽤 큰 편이지."

"달러로 천만? 야아, 엄청나네. 천만이면 얼마야? 백 억이 훨씬 넘잖아."

다시 강선배라는 사람이 저를 향해 눈을 끔쩍이더군요. 저는 도대체 그 사람이 왜 저를 향해 눈을 끔쩍이는지 알 수가 없었습니다. 저는 이미 강선배라는 사람을 실없는 사람이라고 생각하고 있었던 겁니다. 그동안 제가 인터뷰해온 사람은 일일이 헤아리기 어려울 정도로 많았습니다. 경찰서 유치장 안에 갇혀 있는 사기꾼도 숱하게 만나봤지요. 저는 거짓말하는 사람의 눈빛을 압니다. 그런데 놈의 눈빛은 조금도 흔들리지 않았습니다. 질문과 대답 사이에 의심을 품을 만한 짬이라도 있을 법한데, 그마저 없었습니다. 강선배가 뭔가 잘못 알고 있는 것이 분명했습니다. 거짓말을 하면서 어떻게 저리도 자연스러울 수가 있을까요. 그건 아니었습니다.

어쨌든 놈이 동고라는 사실은 요지부동 확실했습니다. 눈썹 옆 흉터와 놈의 기다랗고 창백한 손가락을 장식하고 있는 저 붉은 보석이 박힌 링은 놈이 동고라는 사실을 알리는, 그 어떤 증거로도 뒤집을 수 없는 확실한 물증이었습니다. 그렇지만 거듭된 혼란은 저의 자제심을 앗아갔습니다. 조금 더 그 상황을 즐길 수도 있었겠지만, 더 이상 혼란에 빠져들다가는 시기를 놓칠 수도 있다는 생각이 들었던 것입니다.

저는 결국 일을 저지르고야 말았습니다. 놈에게 재봉틀 얘기를 해버렸거든요. 재봉틀 얘기를 하기까지 아무런 예고도 없었습니다. 무슨 얘긴가 끝에 불쑥 "밤마다 재봉틀을 끌어안고 자요"라고 말해버렸습니다. 말하자면 그것은 놈만 알아들을 수 있는 저의 긴 이름이었던 것입니다. 제 이름은 '밤마다 재봉틀을 끌어안고 자요'였던 것이지요. 마치 '늑대 밟고 뛰어올라 달을 차다'라는 인디언 추장 이름과도 같은 것이었습니다. 그 밖에 구차한 설명은 필요가 없었습니다. 그랬더니 지난번 제가 뒤통수를 쳤을 때와 비슷한 반응을 일으키더군요. 그때 놈을 볼 수는 없었지만 저는 충분히 그 모습을 상상할 수 있었습니다. 제 상상은 틀리지 않았습니다. 호흡이 멎더니 눈이 멍청하게 풀렸습니다. 실제로 둔기에 뒤통수를 맞아 뇌진탕을 일으킨 놈처럼 보이더군요. 도무지 알 수 없다는 표정이었습니다. 잠시의 시간이 흐르고 이윽고 놈은 사태를 파악한 듯했습니다. 놈의 눈에서 실제로 불똥이 튀었습니다. 놈이 벌떡 일어서더군요. 그 바람에 놈이 앉아 있던 의자가 넘어졌습니다. 의자 넘어지는 소리에 사람들의 시선이 놈에게 들러붙었습니다. 시선이 자신에게 쏠려 있다는 것을 확인한 놈은 더욱 당황한 표정이 되었습니다. 밖으로 나가더군요. 저는 놓칠 수가 없었지요. 멱살을 쥐었으니 끝장을 봐야 했습니다. 저도 벗어두었던 옷과 핸드백을 챙겨 목덜미로 감겨드는 시선들을 뜯어내며 술집을 나섰습니다. 술집 골목을 나서니 저만치 놈이 가는 것이 보이더군요. 저는 달려가 놈의 팔을 잡았지요. 놈의 호흡이 가빠지고 있었습니다. 거기서도 우리는 사람들의 주목을 받았습니다. 머리를 노랗게 물들인 남자의 팔에 매달려 가던 여자가 걸음을 멈추고 우리를 바라보더군요. 여자의 입에는 꼬치 오뎅이 박혀 있었습니다. 저는 여자를 바라보며 놈의 멱살을 거칠게 틀어쥐었습니다. 고개를 드니 길 안쪽으로 여인숙 간판이 보이더군요. 저는 여인숙이 있는 골목으로 이겨넣듯이 놈을 밀어넣었습니다. 놈은 잠시 저항했지만 가엾으리만큼 가벼웠습니다. 사람들은 바람피우다 들킨 남편을 채가는 여편네쯤으로 보았을 것입니다.

여인숙으로 들어가 조바 아줌마에게 숙박비를 계산한 뒤 놈을 111호에 처넣었습니다. 그리고 화장실로 들어가 일을 보고 대충 씻었지요. 씻으면서 방 안의 놈을 보니 펴놓은 요 위에 죽은 듯이 엎드려 있더군요. 저는 놈에게서 확인할 것이 있었습니다. 오프라인으로 기어나온 놈에게서 동고의 흔적을 찾아야 했으니까요. 저는 이미 혼란을 많이 겪어서 그것이 아주 작은 것이라도 좋다고 생각했습니다. 어쨌든 놈의 정체를 밝히고 싶었던 것입니다.

화장실에서 나온 저는 놈의 옷부터 벗겼습니다. 상의와 바지를 벗길 때까지만 해도 가만히 있던 놈이 팬티를 끌어내리자 저항을 하더군요. 하지만 저는 강제로 팬티를 끌어내렸습니다. 놈은 정말이지 안쓰러울 만큼 말라 있더군요. 갈비뼈가 앙상하게 드러난 상체에다가 무릎 관절 부위는 근육이 말라 유난히도 도드라져 보였습니다. 게다가 모로 누워 자신의 성기를 가리기 위해 두 손을 사타구니에 묻느라 구부린 등뼈는 엑스레이가 아니라도 34개의 추골을 헤아릴 수 있을 정도였습니다. 저는 웅크리고 있는 놈을 내려다보며 말했지요.

"니 언어는 진부해. 더 이상 내게 아무것도 느끼게 할 수 없다구. 무슨 말인지 알아들어? 말해봐. 도대체 네 놈의 존재는 뭐냐구?"

하지만 놈은 꼼짝도 하지 않더군요. 저는 옷을 벗었습니다. 처음 벗기 시작할 때는 곁눈질로 흘긋흘긋 바라보더니 마지막 팬티를 벗어버리자 놈은 얼굴을 때 전 이불에 묻어버리더군요. 저는 달려들어서 놈의 사타구니에 박힌 두 손을 꺼내려 했습니다. 그렇지만 놈은 완강하게 저항했습니다.

"나를 만족시켜봐. 그 더러운 환상 속에만 빠져 있지 말고 당당하게 현실에서 나를 만족시켜보란 말이야."

놈의 두 손을 떼어내기 위해 저는 놈의 알몸 위에 올라앉았지요. 그리고는 손가락을 지그시 비틀어 사타구니에서 손을 떼어냈습니다. 그러자 놈이 흐느끼더군요. 놈은 임포텐츠였습니다. 손을 떼어내자 거기에 제 엄지손가락만 한 남성이 숨어 있었습니다. 쪼글쪼글하게 주름이 잡힌 그것은 번데기처럼 오그라져 붙어 있었습니다. 그 존재가 너무 처연해서 오히려 제 기분을 엉망으로 만들어버렸습니다. 어이없긴 했지만 그것은 일종의 배반감이었습니

다. 제가 기대했던 그 왕성한 욕정의 정체가 어이없게도 임포텐츠
라니요. 놈에 관한 모든 것이 임포텐츠로 귀결되는 느낌이었습니
다. 그것은 부분이 아니라 전체였습니다. 놈의 전부였지요. 놈의
정체는 임포텐츠였던 겁니다. 그동안 제 몸을 달뜨게 만들었던 놈
의 섬세한 언어는 어디에 숨어버렸는지 알 수가 없었습니다. 놈의
몸은, 놈의 언어는 메말라 먼지처럼 주저앉아버릴 것처럼 위태로
웠습니다.

하지만 저는 포기하지 않았습니다. 놈을 강제로 일으켜 앉히고
놈이 제 모습을 자세히 볼 수 있도록 다리를 벌렸지요. 거기에 놈
이 추구하는 저의 현실이 있었으니까요. 놈이 환장을 하며 찾아
헤매던 리얼리티의 원본이었지요. 놈은 골백번도 더 제 성기의 생
김새를 물었습니다. 놈은 자신을 성적 환상으로 몰아넣을 수 있는
여성성은 오직 여자의 성기라고 생각하는 것 같았습니다. 그래서
제 성기에 놈의 성기를, 놈의 몸뚱어리 전부를, 나중에는 놈의 인
생을, 종국에는 세상의 모든 남성성을 모조리 짓이겨넣으려는 것
같았습니다. 놈은 끊임없이 물었습니다. 숲을 물었고, 숲의 우거
짐을 물었고, 불두덩의 고저나 구멍의 생김새를 물었고, 소음순의
색깔을 물었고, 소음순 날개의 크기를 물었고, 대음순의 크기와
탄력을 물었고, 구멍의 물기에 관해 물었습니다. 그 모든 것을 계
속해서 물어댔습니다. 저는 놈과 섹스를 한 것이 아니라 놈의 그

질문들과 섹스를 하는 느낌이었지요.

"왜 자꾸 묻지?"

결국 저는 참지 못했습니다. 그러자 놈은 천연덕스럽게 그 모든 것이 다 리얼리티 때문이라고 했었습니다. 저는 그것이 놈에게 매우 중요할 것이라고 생각했고, 그래서 제 거기에 난 털의 숫자만큼이나 거듭해서 말해주었던 것입니다.

"내가 대상을 분명하게 인식하기 위해서는 그런 세부를 알아야 하거든. 대상을 분명하게 인식을 해야 실감이 나고, 실감이 나야 섹스가 가능하니까."

그때마다 놈은 리얼리티에다 그 모든 것을 둘러댔습니다.

"내가 믿을 수 있게 해줘. 디테일에 충실해야 한다구."

그 모든 묘사는 바로 그것 때문이었습니다.

어쨌든 저는, 이를테면 놈의 언어가 밤마다 불을 지폈던 아궁이를 드러내 보여주었던 것입니다. 제 성기를 짓이겨대던 그 열정의 언어가 되살아나기를 기원하면서요.

"보이니? 이게 네 놈이 알고 싶어하던 바로 그거야. 직접 보라구. 봐. 털이 오종종하게 났다고 말했었지? 내가 거짓말했니? 소음순 색깔이 푸르죽죽하다고 했었지? 그런데 네 놈은 거짓말이라고 했잖아. 소음순이 어떻게 푸르죽죽할 수 있냐고. 그런데 자세히 봐, 내가 거짓말했니? 내가 거짓말을 했느냐구, 이 새끼야! 아니지? 어때, 직접 보니까 더 느낌이 오지? 내가 아무리 자세히 설명을 해도 네 놈은 부족하다고 투덜거렸지? 좀더 자세히, 좀더 자세히, 좀더 자세히…… 어떻게 이것을 더 이상 자세히 설명할 수가 있겠니. 그러니까 이제 마음대로 봐. 보고 니가 말해봐. 직접 보란 말이야, 이 새끼야."

그제야 죽은 듯이 퍼져 있던 놈이 반응을 보이기 시작했습니다. 하지만 전혀 엉뚱했지요. 히뜩 한 번 제 아래를 쳐다보더니 아주 못 볼 것을 봤다는 듯이 놈은 얼굴을 찌푸렸습니다. 그리고는 눈을 가리더군요. 뭐 이런 놈이 있나 싶었습니다. 채팅 창에서는 허겁지겁 앞뒤 가리지 않고 덤벼들던 놈이었습니다. 제가 팬티를 벗고 성기를 드러냈다고 말하면 놈은 눈이 뒤집혀 덤벼들었던 것입니다. 그런데 실제로 눈앞에 알몸이 되어 제 성기를 보여주었는데도 놈은 요지부동이었습니다. 저는 놈의 얼굴 위에 제 사타구니를 들이대고 눈을 가리고 있던 놈의 손을 떼어냈습니다. 그랬더니 놈이 비명을 지르기 시작한 겁니다. 저를 죽여버리겠다고 소리를 지르면서요. 자신을 조롱했다는 거였지요. 놈의 눈만은 살기로 번뜩였습니다. 보기에는 섬뜩했지만 살기에 비해 알몸이 너무 빈약해 어떤 위협도 되지 못했습니다.

허망하고 허탈했습니다.

제가 일어서서 팬티를 입는데 딱 한 마디를 하더군요. 그런데 그게 무슨 의미인지 끝내 알 수가 없었습니다.

"나는 너를 몰라."

도대체 무슨 뜻이었을까요?

저는 한동안 놈을 내려다보다가 버려둔 채 일어섰습니다. 놈의 살기는 제 뒤통수에 여전히 살아 있었습니다. 날 죽이겠다고 했지만 두렵지는 않았습니다. 어쩌면 그럴 기회를 주는 것도 재밌겠다 싶은 치기마저 일었습니다. 멱살 잡혀 끌려오면서도 놓치지 않으려고 끌어안고 있던 놈의 가방이 방바닥에 팽개쳐져 있는 것을 보았습니다. 놈에 관해 좀더 자세히 알고 싶어 가방을 열었습니다. 보통 평범한 서류 가방이었습니다. 무역회사 직원이 들고 다닐 만한 그런 가방이었지요. 그런데 거기에서 나온 물건은 무역회사 직원의 것이 아니었습니다. 몇 권의 책과 서류들이었지요. 은행 업무나 자재 관리 서류들일 거라고 생각했습니다만, 막상 꺼내들고 보니 그게 아니었습니다. 저는 눈이 뒤십히는 줄 알았습니다. 가슴이 벌렁거리고 눈앞은 아득한데, 어디서부터 일이 꼬여 이런 사태가 벌어졌는지 알 수가 없었습니다.

그것은 놀랍게도 SB의 정보 문건이었습니다. 아닙니다. 딱히 그렇게 말할 수는 없지요. 제가 SB의 정보 문건이라고 말한 것은 그 내용 때문이었습니다. 바로 청와대 실력자의 아들이 미 군수업체에 취업된 사실을 적시한 문건이었거든요. 하지만 이상한 점은 제가 본 그 문건과는 양식이 많이 달랐다는 것입니다. SB의 공식 문건이 아니었다는 얘기지요. SB의 문장이 인쇄되어 있지도 않았고, 그것의 모양새는 증권가를 떠도는 정보 페이퍼 수준이었기 때문입니다. 그 밖에도 여러 가지 문건들이 들어 있었습니다. 탤런트 아무개 양이 국회의원 아무개의 첩이라는 문건, D재벌 기업의 재정 상태와 정치권의 인맥 정보, 모 방송사 사장의 이중생활에 관한 문건 따위가 들어 있었습니다. 하지만 저는 SB의 정보 내용을 발견하는 순간 거의 넋이 나가버렸던 것 같습니다. 놈의 가방을 뒤집어 털었지요. 볼펜과 메모지 따위가 쏟아졌는데, 그 중에 명함이 한 장 발견되었습니다. SB의 문장이 선명하게 찍힌 영문으로 된 명함이었습니다. 어쩌면 그것은 해외 출장용이거나 대사관 직원을 상대할 때 사용하는 명함일 것입니다. 이름은 성호경이더군요. 그건 정말이지 놀라운 일이었지만 저는 더 이상 놀라지 않았습니다. 놈이 성호경이었다니, 비로소 문제가 풀리는 것 같더군요. 알 수 없는 음모가 저를 감싸고 있는 느낌이 들었습니다. 온몸을 내리훑는 소름에 진저리가 일었지요. 저는 허겁지겁 옷을 챙겨 입고 명함만을 집어든 채 그곳을 빠져나왔습니다.

분노의 보졸레 누보

년이 재봉틀 얘기를 하는 순간 모든 수수께끼가 풀렸다. 년이 "저는 밤마다 재봉틀을 끌어안고 자요"라고 말하는 순간 알았다. 네 년이 바로 그년이로구나. 세상에 재봉틀을 끌어안고 자는 년이 몇이나 될까. 내가 그 순간 그걸 헤아리고 있었다면 정신이 나간 놈이었을 것이다. 맞다. 나는 정신 나간 놈이었다. 인구 4천5백만 명당 한 년이 그런 마음을 먹는다면 일본에는 두 명쯤, 미국에는 네 명쯤, 중국에는 스무 명쯤 있을 것이다, 하고 생각했었다. 비슷한 마음을 먹었다고 해서 다 재봉틀을 끌어안고 자지는 않을 것이다. 비슷한 도착증을 가졌다 해도 어떤 여자는 트랙터의 운전대를 뜯어다가 끌어안고 잘지도 모르고, 홍두깨나 벽에 붙어 있는 에어컨 같은 것을 뜯어내 끌어안고 잘지도 모르므로 세상에 재봉틀을 끌어안고 잘 생각을 하는 년은 대한민국 서울의 그년 딱 하나일 것이다. 도대체 어떤 여자가 그런 무모한 짓을 하겠는가. 베개나 인형을 끌어안고 자는 일과는 다른 것이다.

그런데 왜 이년이 여기에 나타난 것일까. 그것만은 알 수가 없었다. 나는 손가락만큼이나 긴 몸뚱어리를 건들거리며 내 무의식을 관통해가던 년의 머리채를 잡아 그러쥐었다. 탁자 너머로 년의 머리채를 쥐느라 앞에 놓여 있던 술병이 우르르 넘어졌다. 술병이 탁자에서 떨어져 깨지는 바람에 술청 안에 있던 시선이 모조리 우리에게 쏠렸다. 하지만 나는 개의치 않고 술집 밖으로 년을 질질 끌고 나갔다. 강선배가 따라나와 내 팔을 붙잡았지만 나의 분노를 막진 못했다. 내 심장은 터질 것처럼 뛰었고, 온몸의 혈관은 뒤틀리며 꼬여갔다. 나는 년의 머리채를 그러쥔 채 골목을 나서 인사동 거리로 나왔다. 우리는 사람들의 주목을 받았다. 남자의 팔에 매달려 가던 노랑머리 여자가 걸음을 멈추고 우리를 바라보았다. 나는 입에 꼬치 오뎅이 박혀 있던 남자를 바라보며 년의 팔을 거칠게 틀어쥐었다. 년을 어디로 끌고 들어가야 하는지 나는 이미 알고 있었다. 인사동에서 술을 마시고 늦으면 퍼져 자던 여인숙이 골목 안에 있었던 것이다. 사람들은 바람피우다 들킨 여편네를 끌고 가는 남정네쯤으로 보았을 것이다. 년을 여인숙으로 끌고 들어가 종업원 청년에게 숙박비를 계산한 뒤, 112호에 처넣었다.

여인숙 방에 단둘이 있게 되었지만 나는 년의 몸뚱어리에는 아무 관심도 없었다. 온라인 세계의 국시(國是)인 차단의 법칙을 어기고 오프라인으로 기어나온 암컷 사이보그를 어떤 방식으로든 처벌해야 했던 것이다. 년이 온라인의 경계를 넘는 순간 그 모든 질서는 깨졌다. 가상의 세계에 구축한 리얼리티의 성은 허물어지고 상상력은 고갈될 것이며, 현실의 더러운 공기가 스며들어 그것은 곧 썩어 진물이 흘러내릴 것이었다.

더불어 년이 나에 관해 어디까지 알고 있는지 알아야 했다. 오프라인에서 내가 유일하게 참석하고 있는 '모티프'를 알아내고 거기에 참석하고 있었다면 이것 또한 작은 문제가 아니었다. 도대체 이년의 정체는 무엇인가. 정체는 무엇이며, 내게서 원하는 것은 또 무엇인가. 어쩌면 년은 내게서 SB의 정보를 빼내려는 그 야당 의원의 하수일 수도 있었다.

나는 년의 핸드백을 열고는 뒤집어 털었다. 온갖 것들이 쏟아졌다. 간단히 화장을 고칠 수 있는 화장품 따위들에서부터 업무 일지, 볼펜 따위들이 쏟아져내린 것이다. 그 중에 유독 눈에 띤 것은 노란 가죽 명함첩이었다. 나는 명함첩에서 'S신문 사회부 기자 민지수'라는 명함을 보았다. 여러 장이 한꺼번에 오롯이 들어 있는 것으로 보아 그것은 년의 명함이었다.

이게 뭐지? 이년은 카피라이터여야 하는 거 아닌가? 그년은 재봉틀을 말했었다. 재봉틀을 말했다면 년은 묘랑이었다. 그렇다면 묘랑은 포스트 기획 카피라이터여야 맞지 않은가. 그런데 오늘 내 앞에 나타난 건 S신문 사회부 기자 민지수였던 것이다.

순간 나는 넋이 나가버리는 줄 알았다. 세상에 이런 우연이란 흔치 않다. 나는 수상한 시간들을 헤치고 거슬러 올라갔다. 그리고 이윽고 내가 작성한 정보 문건이 유출된 시점과 만났고, 그년을 인터넷 채팅 창에서 처음 만났던 시점을 만났으며, 그것이 그즈음에, 거의 동시에 벌어졌던 사실을 알게 되었다. 정보 문건이 유출되었던 시점이 내가 그년을 인터넷에서 만났던 때와 비슷했던 사실을 그제야 깨달았던 것이다.

나는 온라인에서 내 신분이 노출되지 않도록 철저하게 보안을 유지해왔다. 동고와 댄싱 울프 사이를 오가면서도 한 번도 이 두 캐릭터를 동일 인물로 인식할 그 어떤 정보도 흘리지 않았던 것이다. 오직 그것을 아는 사람은 리자드뿐이었다. 그런데 어느 날 나는 년이 두 개의 메신저를 띄워놓고 묘랑과 명월이 행세를 하면서 동고와 댄싱 울프를 농락하고 있었던 사실을 알게 되었다. 그렇다면 이게 뭔가? 년은 일찍이 내 정체를 알고 있었다는 얘기다.

도대체 이 음모들은 어디에서 비롯된 것일까. 누군가 조종하지 않고는 이런 일이 발생할 수가 없었다. 그렇다면 그 모든 배후는 감찰 팀의 감사관일 것이다, 하고 생각했다. 아무리 부인을 해도 내 직관은 속일 수가 없었다. 모든 것이 감사관, 그의 음모임이 분명했다. 그렇지 않고서는 이런 우연이 발생할 수는 없는 것이다. 감사관일 것이다, 라고 생각을 하고 나자 바보가 되어버린 느낌이었다. 내게 벌어진 이 모든 일들은 그가 아니고서는 불가능한 것들이었다. 다시 말하지만 이 음모를 주도할 수 있는 작자는 오직 감사관뿐이다. 감사관은 통신 방수 팀의 도움을 받아 내 아이디를 추적할 수 있었을 것이다. 놈은 내가 실종된 전직 정보관을 만났던 장소와 시간까지도 알고 있었다. 내게 민지수의 신원을 알려준 최초의 인물도 감사관이었다. 도대체 그는 나에 관해 무엇을 더 알고 있을까.

가슴 밑이 아려왔다. 마치 그것은 내 출생의 아득한 비밀을, 내가 전혀 눈치 채지 못하고 있던 사생아의 어미와 그 전력을 까발려 보여주는 것과 같은 것이었다. 더러운 사창가의 어미가 어느 겨울날 뒷골목에서 강간을 당해 얻은 정자 몇 마리가 내 출생의 진실이었다고, 그년의 썩은 이빨 사이에서 흘러나오는 신음 소리가 전해주고 있었다. '이 더러운 사생아야, 알겠니?'

년은 어느새 알몸이 되어 가랑이를 벌린 채 벽에 기대어 있었다. 그 모습이 년으로서는 '내가 졌다. 마음대로 해다오' 하는, 투항의 자세였는지도 모른다. 하지만 나는 년에게서 성욕을 느낄 수가 없었다. 년은 온라인에서 기어나온 순간 매력을 잃었다. 현실에서는 년에게서 아무것도 느낄 수가 없다. 년의 가랑이의 새하얀 살결 위로 몇 가닥의 음모가 걸쳐져 있는 것을 보았지만 난 아무것도 느끼지 못했다.

당장 년의 목을 졸라 일을 처리할 수도 있었지만, 그건 무모한 일이었다. 나의 모든 행동은 용의주도하게 사전에 계획된다. 이성을 잃은 우발적인 행동은 늘 위험했다. 이미 년을 위해 준비해둔 약도 있지 않은가. 년의 신상을 파악했으니 그것을 실행에 옮기는 일은 시간 문제였다. 명함에는 년의 사무실 전화번호와 휴대 전화 번호, 그리고 살고 있는 아파트 주소까지 적혀 있었다.

그리하여 이튿날 새벽 년에게 전화를 걸었던 것이었다. 탱글탱 글 영근 목소리로 년이 말했다.

"좋아요. 와요, 얼마든지."

애초 계획에는 년을 찾아갈 생각이 없었다. 찾아가서 알루미늄 야구 방망이로 머리통을 갈기는 것은 정신병자들이 선호하는 방 식이다. 머리통을 갈기면 년은 물주머니처럼 터져 온 방안을 붉게 적실 것이다. 오직 그것만이 그년 존재의 모든 것이었던 것처럼, 찢겨진 가죽 주머니로부터 쏟아져나온 피가 온 방을 적시고 내 얼 굴과 옷에 피 칠갑을 하고 끝내는 내 인생도 그렇게 붉게 물들여 놓을 것이었다. 그건 내가 원하는 방식이 아니다. 내 인생을 번거 롭게 만들 생각은 없었다.

나는 이미 맹독성의 독극물을 구해두었고, 그것을 효과적으로 사용할 방법까지 찾아두었다. 하지만 나는 계획을 수정했다. 우표 에 독극물을 바르는 고전적인 방법으로는 성에 차지 않았다. 년이 모티프에 찾아와 내 인생에 위협을 가하지만 않았더라면 나는 년 을 죽일 생각까지는 하지 않았을지도 모른다. "좋아요, 와요, 얼 마든지"라고만 말하지 않았어도 찾아갈 생각은 하지 않았을지도 모른다. "미안해요, 그렇게 불쑥 아무렇게나 시건방지게 당신 인생에 간여한 것, 정말 미안하게 되었네요"라고만 말했다면 나는 다른 방법을 찾아보았을 것이다. 그런데 넌은 정말이지 시건방지게 "좋아요, 와요, 얼마든지"라고 말했던 것이다. 이미 엎질러진 물이다. 이제 나는 넌을 죽일 수밖에 없고, 그렇다면 집에 앉아 우표에 독극물 따위를 바르는 짓은 하지 않겠다. 이왕 죽일 마음을 먹었으니 넌을 찾아가 약을 먹이고 고통스럽게 자지러지는 모습을 봐야겠다. 죽겠다고 빽을 쓰는 넌은 결국 그 길로 보낼 수밖에 없는 것이다. 고통스럽게 몸을 뒤채며 나를 향해 하소연을 하는 넌의 모습을 오랫동안 바라볼 것이다.

그날 저녁 나는 넌의 아파트를 찾아갔다. 넌의 아파트는 도로에 면해 입구가 나 있는 주상복합 건물이었는데, 강물을 바라볼 수 있는 방향이었다. 문득, 넌은 발코니에 앉아서 매일 아침 도시의 저편에서 떠오르는 태양을 바라보았을 것이다, 라고 생각하고 난 후 갑자기 허파에 바람 새는 소리를 들었다. 호르륵, 흑. 사람을 웃기는 방법에는 여러 가지가 있다. 넌이 아침에 발코니에 앉아서 떠오르는 태양을 바라보고 있다는 전제 하에 나는 여러 가지 코믹한 상상을 할 수 있다. 왜냐하면 넌이 아침에 발코니에 의자를 내놓고 떠오를 태양을 기다리고 있는 모습 자체가 웃기는 일이니까.

그 생각을 한 것은 넌의 아파트 문 앞에 도착해서였다. 문을 향

해 난 계단을 오르려다가 문득 그런 생각을 했던 것이다. 내 손에
는 장미꽃 다발과 포도주 병이 들려 있었다. 한 아이가, 열두 살쯤
되어 보이는 아이가 아파트 입구 계단에 다리를 꼬고 앉아 담배를
꺼내 물고 불을 붙이려 하고 있는 것이었다. 바로 앞은 버스 승강
장이었다. 다리를 척 꼬고 앉은 것이 누군가로부터 담배를 피워도
좋다는 허가를 받은 것처럼 보였다. 어떤 빌어먹을 녀석이 그런
허가를 했는지 알 수는 없었지만, 아이에게 그 허가는 매우 당당
한 것처럼 보였다. 아이 옆에 놓인 통에는 동전들과 팔다 만 껌이
들어 있었다. 버스를 기다리는 사람들이 그 앵벌이 소년을 바라보
고 있었다. 아이의 태도가 너무 당당해서인지 바라보고만 있을 뿐
누구도 담배를 피우려는 아이를 말리려 하지 않았다. 기다리는 버
스가 오기까지의 시간은 버려도 좋을 시간이었다. 어차피 그것은
의미 없이 버려지는 시간이다. 무료한 판에 좋은 구경거리라고 생
각했을 것이다. 처음 그 모습을 본 사람들의 표정은 뜨악했다. 하
지만 언제까지 뜨악하진 않았다. 아이가 집요하게 라이터를 켜대
는 동안 사람들은 비로소 아이의 눈을 바라보게 되었던 것이다.
아이는 잘 켜지지 않는 라이터를 거푸 켜대며 계속해서 무표정한
얼굴로 담배 끝, 라이터 불꽃이 닿을 그곳을 바라보고 있었다. 아
이의 눈동자는 담배 끝으로 시선을 모으느라 사팔뜨기처럼 보였
다. 바라보던 몇 사람은 소리 내어 웃었다. 나는 그곳을 지나쳐 아

파트 문을 밀고 로비로 들어섰다. 하지만 나는 알고 있었다. 담배에 불을 붙이고야 말겠다는 아이의 그 집념은 시간이 흐를수록 단단해져갈 것이고, 결국 담배에 불을 붙인 아이는 너무 오랫동안 시선을 모으는 바람에 사팔뜨기가 된 눈을 들어 자신을 둘러선 사람들을 바라보게 될 것이었다. 나는 널찍한 로비를 가로질러 가 엘리베이터 앞에 섰다.

"야, 이 새끼야, 담뱃불 꺼."

나는 엘리베이터의 단추를 누르며, 사팔뜨기가 된 아이의 눈을 떠올리며 조용히 으르렁거렸다. 년이 발코니 의자를 내어놓고 앉아 태양이 떠오르기를 기다린다고? 그년은 새벽 2, 3시까지 잠을 안 자는 년이었다. 년이 발코니 의자에 앉아 떠오르는 태양을 기다리는 모습이 아파트 계단에 앉아 담배에 불을 붙이려 기를 쓰는 아이의 모습과 겹쳐졌고, 그 순간 별 까닭 없이 허파가 뒤집혔다. 나는 엘리베이터에서 내려 문짝에 붙은 숫자를 읽으며 복도를 걸어갔다. 1907호. 그년의 집이다. 초인종 단추를 누르며 나는 다시 으르렁거렸다.

"담뱃불 안 끄니, 이 새끼야?"

그년이 나오기까지 버려진 시간 동안 나는 허리를 약간 굽히고 구두를 내려다보았다. 구두는 만족스럽게 반짝였다. 초인종 소리를 듣고 나온 년의 표정은 해맑기까지 했다. 그런 표정부터가 마음에 들지 않았다.

"어떻게 찾았어?"

년은 어제의 일을 다 잊은 듯한 표정이었다. 나는 대답하지 않고 밀고 들어갔다. 년은 문에서 비켜서면서 말했다.

"꽃 사왔네?"

마치 오래 사귄 연인을 맞아들이는 태도였던 것이다. 나 역시 그 부드러운 산통은 깨고 싶지 않았다. 하긴 온라인으로 그만큼 오래 만났고, 또 할 짓 못 할 짓 여러 가지 함께 했던 것을 돌이켜보면 전혀 이상할 것도 없을 반응이었다.

"요 앞에서 샀어."

"포도주는 또 뭐야? 오늘이 무슨 날이야?"

년은 막 퇴근해서 샤워를 한 모양이었다. 머리카락이 흥건히 젖어 있었다.

식탁에 마주 앉자 나는 양복 안주머니에서 두 개의 크리스털 잔을 꺼내놓았다. 그리고는 포도주 병을 식탁 위에 올려놓았다. 그러자 년은 냉큼 병을 들어 눈으로 가져갔다.

"보졸레 누보네?" 그러면서 시큰둥한 표정을 지었다. "때도 아닌데, 이걸 마셔?"

"포도주 마시는 데 무슨 때가 있어."

"이건 때가 있어."

나는 년이 포도주를 거부할 여유를 주지 않고 병 뚜껑의 껍질을 벗겨냈다. 벗겨내면서 코르크 마개 뽑는 걸 가져오지 않았다는 사실을 알았다. 하지만 걱정할 일이 아니었다. 나는 병에서 벗겨낸 껍질을 쓰레기통에 넣은 뒤, 화장실로 가 수건 장에서 수건 한 장을 꺼내 들고 돌아왔다. 년은 멍청한 표정으로 나를 바라보고 있었다. 년을 바라보며 나는 수건을 네 번 접어 벽에 대었고 그리고는 병을 직각으로 세워 터프하게 치기 시작했다. 쿵쿵쿵, 벽에 병을 내리치는 동안 병 안에 들어 있던 포도주가 기포를 일으키며 자지러졌다.

"그게 무슨 짓이야, 깨지면 어떡하려고."

년이 호들갑을 떨었다. 집 전체가 쿵쿵거리며 울렸다.

"먹고 죽을 일 있어? 왜 이렇게 무리한 짓을 해?"

나는 아랑곳하지 않고 계속해서 쳐댔고, 그러자 코르크 마개가 빠져나오기 시작했다. 마개가 적당히 빠져나오자 손으로 그것을 뽑아냈다. 그제야 년이 안심을 했다는 듯이 어깨를 내려놓고 빙긋이 웃었다. 나는 미리 준비해온 크리스털 잔에 포도주를 따랐다. 물론 두 개의 크리스털 잔 중 하나에는 맹독성 극약이 발라져 있었다. 잔 하나를 년에게 밀어놓았다. 년에게 밀어놓은 잔에 극약이 발라져 있다고 확신할 수 있었다. 그 잔은 내 왼쪽 주머니에서 나왔기 때문이다.

즐거운 마주앙

놈에게서 전화가 왔습니다. 퇴근해서 막 샤워를 한 후였지요. 집으로 찾아오겠다더군요. 저는 놀라지 않았습니다. 여인숙 방에 제 명함을 두고 나왔으니까요. 놈이 오는 게 나쁘지 않다고 생각했습니다. 차분하게 마주 앉아 그동안의 일을 정리할 필요를 느끼고 있었거든요.

놈이 성호경이었다는 사실로 저는 지금까지의 모든 의혹을 정리할 수 있었습니다. 만약 놈이 성호경이 아니었다면 저는 계속해서 혼란을 겪고 있었겠지요. 하지만 저는 혼돈에서 벗어났습니다. 그 모든 조작과 음모의 중추는 역시 정보기관이었던 것입니다. 정보기관의 온갖 조작 사건의 전력으로 보아 그것은 놀랍지도 않은 일이었습니다. 하지만 놈이 여전히 동고로서 저를 대하겠다면 저도 그렇게 할 생각이었습니다. 동고와 묘랑의 신분으로도 서로 정리할 문제가 남아 있었으니까요. 물론 그렇게 한 뒤에는 신분을 성호경으로 되돌려 놈의 멱살을 쥘 것입니다.

"좋아. 지금 올 거야?"

그랬더니 벌써 집 앞에 와 있다는 것이었습니다. 전화를 끊고 5분도 채 안 되었는데 초인종이 울리더군요. 문을 열었더니, 놈이 마주앙 한 병과 투명한 셀로판지에 싸인 장미꽃 한 송이를 들고

174

서 있더군요. 격식을 차리려고 애를 쓴 흔적이 보였습니다. 그래도 그동안 사이버 세계에서 부부의 인연까지 맺었으니 그 나름대로 각별한 무엇이 있었겠지요. 저는 호의적으로 그것을 받아들였습니다.

놈은 집 안으로 들어서자마자 포도주 병 뚜껑을 열겠다고 소란을 피웠습니다. 하지만 집에 코르크를 여는 병따개가 없었습니다. 놈은 주머니에서 열쇠를 꺼내가지고 코르크 마개를 열어보겠다고 용을 썼습니다. 그 모습을 한동안 지켜보다가 저는 놈에게서 병을 빼앗아 부엌에서 가져온 숟가락 뒤쪽으로 코르크를 병 안으로 밀어넣어버렸지요. 그리고는 놈이 들고 온 장미꽃을 보았습니다. 놈이 포도주 병과 함께 들고 들어왔을 때는 별 느낌이 없었는데, 탁자 위에 놓여 있는 것을 보니 새삼스러웠습니다. 그것은 하얀 장미였습니다. 무덤 위에 놓으면 딱 좋을 꽃이었습니다.

병마개를 밀어넣고 병을 내밀자 놈은 호주머니에서 유리잔 두 개를 꺼냈습니다. 그러더니 덜덜 떨면서 잔에 포도주를 채우더군요. 병을 든 놈의 손이 너무 떨려 유리잔에 부딪히는 소리가 요란하게 울렸습니다. 동고의 용의주도함이 사라져버린 놈의 얼굴은 처참하게 일그러져 있었습니다. 눈은 벌겋게 충혈이 되어 있었고, 입술을 새파랗게 질려 있었습니다. 저는 한눈에 사태를 짐작할 수 있었지요. 놈이 아파트에 찾아온 것은 놀랄 일도 아니었습니다.

어제 저녁 인사동에서 제게 당한 일을 생각한다면 이 정도면 얌전하게 구는 거라고 생각했습니다. 여인숙에서 나와 집에 오는 길에 놈이 따라와 무슨 일을 저지르지 않을까 싶어서 밝은 곳으로만 왔습니다. 하지만 괜히 그랬다는 생각도 들었습니다. 지난밤 무슨 일이 생겼다면 그것도 제 지루한 삶에 신선한 충격이 될 수도 있었을 텐데 말이죠.

술이 채워지자 잔 하나를 제게 밀어놓더군요. 저는 그러는 놈을 빤히 바라보았습니다. 그렇게 바라보는데 놈은 제가 자신을 바라보는 이유가 무엇일까, 굉장히 궁금해하는 눈치였습니다. 저는 놈의 얼굴이 시뻘겋게 달아오를 때까지 바라보았습니다. 그렇게 한동안 놈의 그 표정을 즐겼지요. 그런 뒤 저는 잔이 바뀌었다고 말했습니다. 그 순간 놈의 표정이 멍청해져버리더군요.

다비드의 손

내가 탁자 위에 년의 몫으로 정해진 포도주 잔을 밀어놓자 "이게 바뀐 거야"라고 말하며 술잔을 바꾸어놓는 것이었다. 나는 당연히 "바뀌긴 뭐가 바뀌었어"라고 말하며 원래대로 바꾸어놓았

176

다. 그러자 "아니지, 바뀌었지"라고 하며 다시 잔을 바꾸는 것이었다. 그제야 년이 내게 뭔가를 설명하려 하고 있다는 것을 알 수 있었다. 이를테면 그 두 개 잔을 이용해 오프라인의 나와 온라인의 나를 설명하려는 것 같았다. 나는 술잔에 신경을 쓰느라 년의 얘기를 미처 듣지 못하고 있었던 것이다.

"이를테면 이게 이렇게 바뀐 거라고."

'이를테면'이라는 말이 사람을 이렇게 곤혹스럽게 만들 수 있을지 몰랐다. 그년은 말을 하면서 그것을 계속해서 바꾸어놓았다. 년이 그 짓을 하는 동안 년이 하는 말은 하나도 귀에 들어오지가 않았다. 마치 뒷면에 붉은 점이 찍힌 카드를 바꾸어놓는 야바위꾼처럼 년의 손놀림이 점점 빨라지고 있었던 것이다. 손이 말한다. '이것이 인생이다.' 맞다. 그것이 인생이다. 그년의 손놀림을 따라잡기 위해 좌우로 부지런히 시선을 옮겼다. 손의 빠르기가 마치 그것을 어디선가 따로 배워온 년 같았다. 문득 년의 손이 멈췄다. 더불어 세상도 멈췄다. 세상이 다 멈추었는데 내 부지런한 눈동자에만 지저분한 핏발이 번져가고 있었다. 년의 따가운 시선이 내 이마를 조롱하고 있었다. 나 자신이 치사하게 느껴졌다. 치사하다고 느낀 순간 나는 고개를 들어 그년을 바라보았다. 그때를 놓치지 않고 년의 손이 두어 번 더 움직였다. 년은 야바위꾼과 손님의 룰을 깬 것이다. 화가 나서 그년의 뺨을 후려갈겨버리고 싶은 심정이었다.

부정굿

"무슨 말인지 알겠어?" 내가 묻자, "무슨 말이지?"라며 놈이 멍한 표정을 짓더군요.

"사실은 이게 니 인생이야. 아주 더럽게 세상 궤설(詭說)에 말려든 가엾은 니 인생이라고."

마지막으로 제가 술잔을 바꾸어놓았을 때 놈은 굉장히 혼돈스러운 표정을 지었습니다.

괘(卦)

나는 그년이 바꾸어놓은 잔 중 어느 쪽이 독이 든 잔인지 알 수가 없었다. 알 수 없다는 사실을 확인하는 순간 나는 웃었다. 그 모든 것이 장난처럼 여겨졌다.

오브제

　놈은 그 순간 시퍼레지더군요. 하얗다 못해 시퍼레진 놈의 얼굴
을 짓이기듯이 노려봐주었습니다. 분노랄까, 절망이랄까, 그런 것
들이 버무려진 표정이었습니다. 눈꺼풀이 파르르 떨리는 것까지
저는 놓치지 않았습니다. 그러나 그 순간이 지나자 놈의 입술에는
비틀린 냉소가 걸렸습니다. 놈의 독기는 여전히 유효했던 모양입
니다. 저는 놈의 얼굴을 향해 술잔을 내밀었습니다. 참, 이상한 일
이었어요. 이해할 수 없을 만큼 제 마음은 편안했습니다. 아랫배
에 든든하게 힘이 들어가 있었고, 그 순간 놈이 어떤 짓을 한대도
다 막아낼 자신감 같은 것이 있었습니다.

　그쯤에서 저는 히든카드를 꺼내 보였지요. 그것은 여인숙에서
주워온 놈의 명함이었습니다. 그것을 저는 놈의 눈 앞에 들이댔습
니다. 그리고는 목소리를 조용히 내리깔았습니다.

　"대경물산이라고? 성호경, 사실은 SB의 정보분석관, 그렇지?"

　그 순간 놈이 앉은 의자가 뒤로 넘어갈 것 같더군요. 제가 그저
손만 내밀었어도 놈은 뒤로 넘어져 뇌진탕을 일으켰을 것이고 그
길로 놈은 황천으로 날아갔을 것입니다.

　맞습니다. 엿을 먹었지요. 처음엔 놈만 엿을 먹은 줄 알았습니

다. 그런데 알고 보니 박형사에게서 저부터 엿을 먹은 것이었습니다. 사건이 종결된 바로 그날 서초서를 나서는데, 박형사가 선글라스를 낀 한 사내와 경찰서 입구의 한 식당에서 나오는 것을 보았습니다. 두 사람이 어깨를 나란히 하고 걷는 모양새가 어제오늘 가까워진 사이는 아닌 듯했지요. 그 모양새에서 둘 사이를 짐작하기는 어렵지 않았습니다. 선글라스를 낀 치는 제법 멋을 아는 것 같더군요. 옆에 있는 박형사의 촌스러움이 돋보일 지경이었으니까요. 거리가 좀 멀었다면 그냥 모른 척 지나칠 수도 있었을 것입니다. 하지만 저는 바로 그 식당 곁에 있는 유료 주차장으로 가는 길이었고, 그들을 피할 하등의 이유가 없었습니다. 저를 발견한 박형사가 손을 들어 보이더군요.

"어이, 민기자."

저는 다가갔습니다.

"점심 먹었나 보지?"

이쑤시개로 연신 이를 후비며 다가온 박형사에게 제가 먼저 물었습니다.

"먹었지."

그러자 옆에선 선글라스가 "민기자라니, 이 아가씨가 그 아가씬가?" 하고 턱으로 저를 가리키며 박형사에게 묻더군요. 만약 그 치가 그렇게 묻지 않았다면 일 없이 그냥 지나쳤을 것입니다. 어쩌면 박형사도 그렇게 되길 바랐을 것이고, 또 그렇게 될 줄 알았 겠지요. 하지만 그 치는 오지랖이 넓었습니다. 순간 박형사의 표 정이 비굴하게 바뀌더군요. 그러더니 기어들어가는 목소리로 말 했습니다.

"아가씨는 무슨…… 맞아요, 민기자. 민기자, 인사해. SB에 계 셔. 감찰 팀 감사관이셔."

이건 또 뭐야? 요즘은 계속해서 황당한 일만 벌어집니다. 조금 전 그들이 어깨를 나란히 하고 내려오는 모습을 보며 어제오늘 가 까워진 사이가 아닐 것이라고 느꼈는데, SB의 감사관이라니요. 제 기억 속에 있는 필름이 SB 감사관 파일을 찾기 위해 거칠게 되 돌았습니다. 바로 나오더군요.

—우면동 실종 사건 말이야. 거기에 SB의 감사관이 파견되었 더라고.

박형사는 새삼스럽다는 듯이 그렇게 말했있습니다. 그래서 제 가 이렇게 말했었지요.

—당연한 거 아니야? 실종된 작자가 전직 정보관이었다면서?

그랬더니 박형사가 시치미 딱 떼고 이렇게 말했지요.

—그렇긴 하지. 그런데 말이지, 그 감사관이란 작자 아주 기분 이 나빠. 서에 들어갔는데 내 책상 서랍을 뒤지고 우리 과 사무실 캐비닛까지 온통 뒤졌더라고.

박형사의 그 불쾌한 표정을 저는 기억하고 있었습니다. 만약 그랬다면 이렇게 나란히 한편이 되어 이빨을 쑤시며 걸어 내려오는 그림은 또 뭘까. 알 수 없었지요. 그 그림만으로 보자면 한패거리가 분명했거든요. 저는 그냥 지나칠 수가 없었습니다.

"경찰서 캐비닛 부수고 정보 문건 빼갔다는 그분이시구만."

저도 느긋하게 아랫배에 힘 좀 줬지요.

"캐비닛을 부수고, 뭐가 어째? 무슨 말이야, 이게?"

그런데 그 말에 정작 선글라스는 웃는데, 박형사가 안절부절못하는 것이었습니다.

"아니, 그게…… 제가 말을……"

이때 박형사의 꼬락서니는 말 그대로 가관이었습니다. 내 쪽으로 열린 제 얼굴을 손바닥으로 가리더니 연신 그 치를 향해 눈을 끔쩍이는 것이었습니다. 그제야 낌새를 차렸다는 듯이 빙긋이 웃던 그 치가 박형사를 제치고 손을 내밀더군요.

"이번 일, 수고 많았어요."

그 치는 마치 제 상관처럼 말하더군요. 엉겁결에 내민 손을 잡았다가 놓았는데, 이건 또 뭔가, 싶었습니다. 이번 제 기사는 SB를 곤혹스럽게 했다고 봐야 옳을 것입니다. 그런데 SB의 감사관이라는 작자가, 이번 일 수고 많았다니 이상할 수밖에 없지요. 그것은 놀랍게도 박형사가 내게 정보 문건 사본을 건네주며 했던 말, '터뜨릴 거지'와 같은 색깔이었습니다. 터뜨리다니. 좀 이상 하긴 했지만, 정보기관 간부의 못된 행실에 대한 수사 경찰의 의 분의 표현일 것이라고 생각했었지요. 그런데 수상스럽기 짝이 없 게도 그 치가 말한 '수고 많았어요' 하고 색깔이 맞아떨어진 겁니 다. 색깔만으로 초당 석 장을 처리하는 화투 패의 대가 우리 엄마 의 그 능란한 눈썰미까지 빌리지 않더라도 두 인간의 말 색깔이 비슷한 건 금방 알 수가 있었습니다. 그것은 일상에서 탈주한 넋 나간 입장들이 백주 대낮에 알몸이 되어 끌어안고 환호하는 아주 보기 민망한 그림이었거든요. 어찌 경찰서 캐비닛을 뒤져 증거 자 료를 탈취해간 작자와 그것을 탈취당한 경찰이 한패거리가 되어 백주의 거리를 쓸고 다닐 것이며, 그리고 자신이 몸담고 있는 기 관의 비리를 신문지상에 널리 공개한 기자에게 손을 내밀어 어찌 "이번 일 수고 많았어요"라고 말할 수 있다는 말입니까?

두 사람이 제게서 멀어져가는 농안 성제 모를 낭패감이 진속력 으로 달려와 제 뒤통수를 치더군요. 그래요. 뭔지는 분명하지 않 았지만, 어쨌든 묘한 느낌이었습니다. 기분이 후줄근하더군요. 그 렇다고 어찌 된 일인지 물어볼 수도 없었습니다. 가끔 이렇게 당 하는 경우가 없진 않았습니다. 하지만 당하고도 모른 척하는 것이 이 바닥의 룰입니다. 당한 게 억울해서 물고 늘어지면 그 다음에 는 더 추잡한 싸움을 해야 합니다. 졌다 하고 손 터는 승복이 후사에 도움이 되지요.

그런데 주차장에서 차를 빼 가지고 나오는데 입구에 박형사가 서 있었습니다. 그 사이에 감사관이라는 작자는 안 보이고 혼자였 습니다. 출입 기자의 뒤통수를 치고 뱃속이 편할 리가 없었겠지 요. 그는 겸연쩍은 표정으로 다가왔습니다.

"아이, 일이 이렇게 됐네." 그는 그렇게 입을 열었습니다. "그 동네에서 하는 일들이 다 그렇더라고. 오른손이 하는 일 왼손이 모르는 거 말이야. 사실 몰라서 모르는 게 아니고 알아도 모르는 척하는 것이 그 동네 룰인가 봐. 민기자도 그거 이해하지?"

"이해가 안 되는데? 무슨 말이지?"

"아이, 민기자. 또 사람 힘들게 하네. 아까 그 감사관, 그 사람 별명이 뭔지 알아?" 박형사는 늘 이런 식입니다. 엉기면서 애교를 떠는 모양이 가끔은 귀엽습니다. "리자드래요, 리자드. 그게 도마 뱀이라는 뜻이라던데, SB의 그림자 같은 존재라고 붙여준 별명이 라대? 재밌잖아, 리자드. 도마뱀이란 놈은 꼬리 자르고 달아나는 데는 귀신이잖아." 박형사는 계속해서 히죽거렸습니다. 그러다가 제법 심각해지기도 하더군요. "세상에는 그런 사람도 필요한 거 라고. 그 사람들 음지에서 빛도 안 나는 그런 일 하지만 그게 다 국익을 위해서 하는 일이잖아. 안 그래, 민기자?"

그렇게 묻고는 빤히 바라보더군요. 제게서 무슨 대답을 듣고 싶었을까요? 저는 대답 대신 가속 페달을 밟았습니다. 그 치가 화들 짝 놀라서 피하는 것까지는 좋았는데 가속 방지턱이 차 밑바닥을 후려치는 바람에 배기통이 터져버렸습니다. 배기통이 터진 채로 도로로 나섰는데 그 소리 참 요란하더군요. 제가 마치 폭주족이라도 된 느낌이었습니다. 차를 폭주족처럼 몰아 회사로 들어갔습니다.

바로 정치부로 가서 확인해보니 SB의 해외정보국장이 경질된 다음날 국내부 제1국장 허일식이 본부장으로 승진했더군요. 그 자리는 원래 해외정보국장인 김동령의 자리로 예정되어 있었습니다. 그것이 해답이었지요. 그제야 모든 것을 알 수 있었습니다. 그러니까 그 모든 일이 리자드, 그 감사관의 손에 의해 주물러졌던 것입니다.

성호경, 어쩌면 놈은 이번 사건을 단순히 정보를 유출한 딥 스로트를 잡은 일이었다고 생각하고 있을지도 모르겠습니다. 하지만 실체는 그게 아니었습니다. 정보를 유출한 쥐는 애시당초 없었는지도 모릅니다. 내쫓긴 SB의 해외정보국장은 단지 국회 생방송 카메라 앞에서 SB의 정보 문건을 흔들어댄 야당의 의원과 고등학교 동기생이었다는 불운을 안고 있었을 뿐이었는지도 모릅니다. 해외정보국장이 그 게임에서 질 수밖에 없었던 이유는 차기 정권의 유력한 실세들이 SB를 입맛대로 재편하기 위해 펼친 예비 검

속에서 야당의 정보통인 그 정보위 의원과 고등학교 동기였다는 점이 밝혀졌기 때문일 것입니다. 단순히 정보를 유출한 범인을 잡는 데 기여했을 뿐이라고 자신을 위로하고 있을 성호경에게는 참 안된 일이었지만, 어쨌든 세상은 그렇게 돌아갑니다. 아 참 잊어버릴 뻔했군요. 리자드, 도마뱀 말입니다. 감찰 팀의 감사관이던 그는 해외정보국 제1과장으로 승진해 있었습니다.

절망과 내통하는 즐거움

세상은 그렇게 돌아가게 되어 있는 것이다. 진실은 잠들었다. 오직 필요한 것은 사람들에게 자신의 얘기가 옳다는 것을 믿게 할 개연성이었다. 세상의 모든 귀는 개연성을 먹고 산다. 더럽다고? 순진한 작자들만 그렇게 말한다.

"자, 이제 받아들여, 어서. 비겁해지지 말라는 거야."

그녀는 그렇게 말하고는 자신의 손수건을 꺼내 잔에 묻은 지문을 닦았다. 그것은 내가 하려던 짓이었다. 닦고 난 뒤 다시 조심스럽게 손수건으로 감아쥐고는 내게 내밀었다.

"받아들이라구. 자, 이게 당신의 운명이야."

그 순간 나는 그년을 쳐 죽이고 싶었다. 쳐 죽이고 싶다는 강렬한 분노가 올올이 온 머리카락을 일으켜 세웠다. 오냐, 내가 너를 삼켜주마. 나는 일어서면서 마치 침몰하는 배처럼 몸이 기우는 것을 느꼈다. 온몸의 피가 그년을 향해 출렁였다. 심장은 터져버릴 것처럼 부풀었고 이내 찢겼다. 그리고는 가슴으로 폭풍이 몰아쳐 왔다.

전율, 호모 루덴스

놈은 술잔과 저를 번갈아 노려보더니, 잔을 들더군요. 저도 미소를 지으며 술잔을 들고 말했습니다.

"치어스."

그러자 놈은 고개를 뒤로 젖히더니 유리잔 안에 든 술을 단 한 번에 목구멍 안으로 털어넣어버렸습니다. 저도 손에 들고 있던 술잔을 비웠지요. 그러고 난 뒤 제가 물었습니다. 왜 이런 짓을 하느냐고요. 그랬더니 놈은 천장을 올려다보며 갑자기 공허한 표정을 짓더군요. 놈은 끝내 대답하지 않았고, 저는 놈의 눈에서 절망을 읽었습니다.

제가 말했습니다.

"이 방에서 나가는 것이 어때? 나가면 택시가 있을 것이고, 죽기 전에 집에 갈 수 있을 거야."

세인트 리자드

자정쯤에 그년의 집에서 나왔다. 계단에 아이가 담배를 꼬나물고 자빠져 있다가 나를 보더니 부스스 일어나 앉으며 말했다.

"불 좀 빌립시다."

나는 녀석 앞에 쪼그려 앉아 라이터에 불을 켜 내밀었다.

"몇 살이니?"

"서른둘."

녀석은 눈 하나 꿈쩍하지 않고 말했다. 나는 그저 눈을 한 번 크게 떠 보였을 뿐이다.

"못 믿겠어?"

"믿게 해봐."

그러자 녀석은 "성장 호르몬 결핍증이야"라고 말했다. "뇌하수체에서 성장 호르몬이 분비가 안 된다는 거야. 그래서 32년 동안이 모양이지. 이제 믿겠어?"

나는 황량하게 시든 녀석의 눈을 바라보고 있었다. 눈가에 제법 쪼글쪼글한 주름이 보였다.

"아무도 안 믿어. 담배 때문에 매일 얻어터지지." 그렇게 말하곤 녀석은 다시 시무룩해졌다. "등에다가 써 붙이고 다닐 수도 없고. 어떻게 해야 하지?"

"담배를 끊어."

이튿날 아침, 나는 휴대 전화에 메시지가 들어오는 소리에 눈을 떴다. 년이 보낸 음성 메시지였다. 잠에서 깨어보니 자신이 죽어 있다는 것이었다. 그년의 목소리는 창백했다. 파들파들 떨어대는 걸 보니 그냥 하는 소리가 아닌 것 같았다. 군에서 본 냉동된 시체의 모습이 떠올랐다. 그년은 빨리 와줬으면 좋겠다고 말하고는 전화를 끊었다. 하지만 나는 가지 않았다.

대신 저녁 뉴스에서 그년을 볼 수 있었다. 그년은 상반신을 헝클어진 침대 바깥으로 내민 채 죽어 있었다. 세상에 여자 하나가 자살한 것이 뉴스에 방영이 되다니, 정말 웃기는 일이다. 기자는 침대맡에 쪼그리고 앉아 침대에서 흘러내린 그녀의 상반신을 붙잡은 채 소식을 알리고 있었다. 언젠가 나는 전쟁의 소용돌이에 휩싸인 사막의 한가운데서 낙타 등에 올라앉아 리포트를 하는 기자를 본 적도 있었다. 요즘은 기자도 연기를 하네. 적당히 오버하는 것도 보기 좋은데?

뉴스를 보고 난 뒤, 나는 내 친구 리자드에게 메시지를 보냈다. '모든 것은 끝났다. 성공적으로 임무를 마쳤다. 결국 우리가 이겼다.' 온라인 세계의 국시인 차단의 법칙을 어기고 오프라인으로 기어나온 암컷 사이보그를 처형하는 데 성공했다는 메시지였다. 년이 온라인의 경계를 넘는 순간 모든 질서는 깨졌다. 가상의 세계에 구축한 리얼리티의 성은 허물어지고 상상력은 고갈되었으며, 현실의 더러운 공기가 스며들어 모든 사물들이 썩어 진물로 흘러내렸다. 하지만 이제 곧 복구될 것이다. 처음엔 그에게 보내는 메시지에 '내가 이겼다'라고 썼다가 조금 뒤 '우리가 이겼다'로 고쳐 썼다. 물론 '우리'는 그와 나다. 나는 끝까지 그에 대한 존경심을 잃고 싶지 않았다. 나는 그가 누구인지 모른다. 궁금했던 적이 있긴 했다. 하지만 그것은 온라인의 사이보그로서 도리가 아니다. 그 모든 것은 익명일 때 생명력을 가진다. 천박한 호기심으로 이름을 더럽히는 일은 더 이상 없을 것이다. 물론 나는 더 이상 동고나 댄싱 울프가 아니었다. 오프라인의 더러운 공기에 오염된 그 이름은 이미 죽었다. 동고라는 이름을 버리게 되어 아쉽기는 하다. 다시 말하지만, 그 이름은 구리를 의미하는 '銅'에 북을 뜻하는 '鼓'자다. 한마디로 징이라는 뜻이며, 정의의 상징이었다.

번쩍이는 이름은 눈이 부실 정도였고, 그것의 소리는 세상의 양심을 한 몸에 두르고 있었으며, 끝내는 정의롭게 산화했다. 그러므로 이제 그 이름을 버린다. 그 이름은 이제 신세계의 햇살 아래 잘게 부수어져 영면할 것이다. 잘 가라, 영광스런 나의 이름 동고!

이제부터 내 이름은 오더 소더보그다. 그리고 여전히 내 신분은 대경물산 자재부장이다. 나는 어디까지나 숨어 있는 존재다. 네 면의 벽에 갇혀 끊임없이 새로운 꿈을 꾸는 오더 소더보그인 것이다. 이 사실은 매우 신성하다. 가끔은 소설을 쓰는 놈으로 오해되기도 하지만 그것도 나쁘지는 않다. SB의 정보분석관이라는 신분이 노출되지만 않는다면 그 무엇이라도 상관없다.

오더 소더보그, 이 새로운 존재는 곧 임무를 맡게 될 것이다.

내 친구 리자드가 이 새로운 존재를 인준해주기만 한다면 더 이상 불만이 없을 시작이었다.

욕망은 전화선을 타고 떠났다

이튿날 새벽, 저는 저희 아파트 계단 아래에 쓰러져 있던 놈을 제 소형차 트렁크 안에 구겨넣고는 서해대교로 갔습니다. 왜 서해일까요? 그날은 서해교전이 일어난 지 꼭 1년째 되던 날이었거든요. 그 슬픈 바다에 처넣을 제물이 필요했던 것입니다. 그날도 CNN 뉴스에서는 계속해서 북한 경비정과 우리 고속정의 교전 내용을 보여주고 있었습니다.

차 꽁무니를 바짝 다리 난간 쪽에 붙여 세우고, 트렁크를 열어 놈을 끌어냈습니다. 늘어져버린 놈이 무거웠지만 어디에서 그런 힘이 났는지 모르겠습니다. 놈을 끌어내어 다리 난간 위에 걸쳐 놓았지요. 바지에서 빠져나온 와이셔츠는 난간 위에 걸쳐진 놈의 머리통을 가리고 있었습니다. 그 위로 머리카락이 삐죽삐죽 솟아나와 있더군요. 벌써 1주일이 지난 일이지만, 바로 어제 일처럼 생생하군요. 두 다리는 축 늘어져 도로 경계석을 딛고 있었습니다. 그곳을 지났던 사람들은 놈이 지난밤 과음을 한 끝에 토악질을 해대고 있고, 저는 놈의 등을 두드려주고 있는 줄 알았을 겁니다. 저는 다시 차 트렁크에서 놈과 함께 넣어온 재봉틀을 꺼냈습니다. 그리고는 재봉틀을 등산용 로프로 놈의 허리에 단단히 묶었습니다. 잠시 후 차 한 대가 곁을 막 지나는 순간 그것을 다리 아래로 던져버렸습니다. 저는 단지 재봉틀만 던졌을 뿐입니다. 재봉틀만 던졌을 뿐인데, 이미 무게 중심이 머리쪽에 있던 놈까지 덩달아 날아가버리더군요. 놈이 재봉틀을 따라 다리 아래로 날아가는 걸 내려다보았습니다. 마치 재봉틀을 잡으러 뛰어내린 놈처럼 보였습니다. 제 기분도 날아갈 것 같더군요. 놈은 번지점프를 두 달쯤 앞당겨 한 셈입니다. 놈은 공양미 3백 석에 팔려간 심청이처럼 물속으로 처박혔습니다.

바닷물 속에 처박힌 놈은 왜 다시 몸이 물 밖으로 솟구치지 않는지 궁금할 것입니다. 아마 놈은 영원히 그것을 궁금해할 것입니다. 그런 채로 바다 속 깊은 물에서 아침 뉴스를 보았겠지요. 뉴스에서 헝클어진 침대 밖으로 상반신을 내민 제 끔찍한 모습을 볼 수 있었다면, 놈은 마지막까지 행운을 누린 겁니다.

어쨌든 그날 이후 저는 마음이 느긋해졌습니다. 그 모든 것이 완벽했지요. 1주일쯤 지나자 기억에서조차 놈이 가물가물해질 지경이었으니까요. 그런데 막상 생각을 하다 보니, 떠나보낸 재봉틀이 슬그머니 그리워졌습니다. 아무리 찾아도 그만한 재봉틀이 없더군요. 살살 달래서 썼으면 좋았을 것을…… 제법 쓸 만한 재봉틀이었는데. 아까운 재봉틀을 버렸다는 미련이 남더군요.

하지만 저는 이틀 전 한 놈팡이의 메시지를 받았습니다.

압미(壓尾)

　　—내 물건 Q마크야.

　메시지 내용이 간결했습니다. 어쩌면 새 재봉틀을 구할 수 있을
것 같은 느낌이 들었습니다. 변태적인 조짐을 보이는 것이 제 구
미에 맞았거든요. 저도 바로 메시지를 보냈습니다.

　　—귀여운 오더 소더버그. 그걸 내가 믿게 해볼래?

작가의 말

이 소설은 '거짓말'에 관해 이야기하고 있습니다. 꾸며내는 것에 관한 이야기이며, 리얼리티에 관한 이야기입니다. 현실 세계의 실재성과 가상 세계의 사실성 사이에서 혼돈에 빠져든 소설가의 이야기이고, 결국 주인공은 나 자신인 것입니다.

*

나는 무엇인가, 하는 질문은 오래된 종기 같은 것입니다. 가끔 건드려봅니다. 지금 이 순간 통증은 감미롭습니다.

*

문학과지성사에 감사드립니다.

2004년 1월

이명행